Impressum

Herstellung und Verlag:
BoD - Books on Demand, Norderstedt

ISBN: 978-3842369122

Neuauflage April 2016

Heißer Telefonsex

- wenn nicht nur die Verbindung steht-

Eine ehemalige Telefonsex-Mitarbeiterin
erzählt

Lisilo S.

Vorwort

Die Handlung in diesem Buch entspricht voll und ganz der Wahrheit.

Alle Namen in diesem Buch sind frei erfunden und stimmen nicht mit der Realität überein. Auch die Städte und Dörfer, die in diesem Buch aufgeführt sind, haben nichts mit den wirklichen Orten zu tun.

Ich nenne mich Cindy. Auch dieser Name ist natürlich frei erfunden.

Dieses Buch soll einigen Männern klarmachen, dass die Frau auf dieser Telefonsex-Line, die sie gerade angerufen haben, nicht die ist, die sie vorgibt zu sein. Und dass, wenn er sie abfällig und höhnisch am Telefon als Hure, Nutte oder alte Drecksau betitelt, sie vielleicht im Hintergrund ihr Baby schlafen sieht. Das Baby, dem sie eine bessere Zukunft mit dieser Arbeit ermöglichen will. Ein besseres Leben, als sie es selbst jemals hatte oder haben wird.

Es soll auch verdeutlichen, dass viele Frauen in Deutschland, so wie ich, auf solche Jobs angewiesen sind und der größte Teil der Frauen es aus der Not heraus machen und nicht, weil sie Spaß daran haben.

Viele junge Frauen finanzieren sich ihr Studium damit.

Andere Frauen ermöglichen ihren Kindern durch diese Tätigkeit eine höhere Schulbildung.

Oder bei manchen Frauen ist die Rente so gering, dass sie keine andere Wahl haben, solange ihre Stimme ihr wahres Alter nicht verrät.

Oder wie in meinem Fall, damit ich mein Hartz-IV-Einkommen aufstocken kann, um mir mein Auto und meine zusätzliche Altersversorgung zu leisten. Wie so viele andere Frauen meines Alters, hatte auch ich bei meiner Heirat mir die Rente auszahlen lassen. Ohne das zusätzliche Einkommen durch den Telefonsex würde ich bei meinem Renteneintritt unter die Armutsgrenze fallen. Dem versuche ich verzweifelt zu entgehen.

Aber es gibt auch Frauen auf diesen Lines, die es aus purer Lust und Befriedigung tun, was ich selbst, nicht verstehen kann. Aber es sagt ja auch niemand, dass ich alles verstehen muss.

Die schlimmsten Auszüge von Anrufern habe ich in diesem Buch nicht aufgeführt. Sie sind wirklich so furchtbar, dass ich sie den Lesern nicht zumuten will.

Kapitel 1

Da ich mir als Hartz-IV-Empfängerin die kostenpflichtige Tageszeitung nicht leisten kann, studierte ich, wie immer donnerstags, die Stellenanzeigen der wöchentlichen kostenlosen Zeitung unserer Region. Besonders die Kleinanzeigen las ich sehr intensiv, denn ich rechnete mir mit meinen mittlerweile 58 Jahren keine Chance mehr aus, jemals wieder eine der groß ausgeschriebenen Stellen zu erhalten. Wann immer ich mich für eine dieser Stellen interessierte und mich bewarb, bekam ich zumeist noch nicht einmal eine Antwort der jeweiligen ausschreibenden Firmen.

Und so kam es, dass mir, wie schon öfter in der Vergangenheit, eine Annonce ganz besonders auffiel:

,Angenehme Stimme für leichte Tätigkeiten am Telefon gesucht.'

Mit jeder Anzeige wuchs meine Neugier. Was nur könnte hinter dieser Annonce stecken? Doch nicht etwa eine dieser Sex-Hotlines?

Während meiner langjährigen Tätigkeit als Sekretärin hatte man mich immer wieder auf meine Stimme angesprochen, die wohl vor allen Dingen am Telefon für Männer sehr erotisch und jugendlich klang.

Und so nahm ich eines Tages mit klopfendem Herzen und zittrigen Fingern all meinen Mut zusammen und rief die Nummer dieser Anzeige an. Ich nahm mir dabei fest vor, sollte sich niemand sofort melden oder eventuell ein Anrufbeantworter anspringen, dass ich dann mein Vorhaben aufgeben und nie wieder auf so eine Anzeige reagieren würde.

Aber schon nach dem zweiten Klingelton meldete sich eine junge Frau am anderen Ende der Leitung und hatte mich sofort in ein Gespräch verwickelt. Aufgrund meiner Stimme nahm sie an, dass ich ca. 25 Jahre alt sein müsste und extrem geeignet für den Job, den sie zu vergeben hatte, was nichts anderes war als Telefonsex.

Ich erklärte ihr, dass ich noch nie so etwas gemacht hätte, aber sie beruhigte mich.
„Das ist ganz leicht. Dafür brauchen Sie keine Einarbeitungszeit. Sie bekommen von mir Unterlagen zugeschickt, in denen verschiedene

Sexpraktika aufgelistet sind. Außerdem eine Aufstellung von bestimmten Sexausdrücken. Also, machen Sie sich keine Gedanken. Das bekommen wir schon hin. In spätestens einer Woche haben Sie ihr erstes Geld verdient. Sie werden sehen, es ist leichtes und schnelles Geld, das Sie bei mir verdienen können."

Zwei Tage später kamen die besprochenen Unterlagen per Post. Auch ein Arbeitsvertrag war dabei. In dem stand, dass ich für jede gesprochene Minute einen bestimmten Geldbetrag erhalten werde. Die gesprochene Minute wurde als Haltezeit benannt.

Am Ende eines Monats wurde der Durchschnitt der Haltezeit errechnet und vergütet. Sagte sie mir.

Die Minuten und Stunden, die man am Telefon darauf wartete, mit einem Mann verbunden zu werden, wurden natürlich nicht bezahlt. Und es wurden viele, viele unbezahlte Stunden, die ich wartend am Telefon verbrachte, um einen Mann zu unterhalten und eventuell auch glücklich zu machen.

Aber das konnte ich damals ja noch nicht wissen.

Damals.

Was ich damals nicht wusste war, dass nicht das einzelne Gespräch abgerechnet wurde, sondern am Ende des Monats die Gesamtminuten durch die Anzahl der Gesprächspartner geteilt wurde und so der Durchschnittslohn errechnet wurde.

Damals.

Was ich damals auch nicht wusste war, dass ich ab sofort 24 Stunden am Tag Bereitschaft hatte, also immer zur Verfügung stehen musste. Dass mein Telefon Tag und Nacht klingelte, zu jeder Uhrzeit, wann immer man Frauen brauchte. Aber ich wusste noch so vieles nicht.

Damals.

Was ich damals in meiner Naivität auch noch nicht wusste war, dass mir von den schwer verdienten, erstöhnten und teilweise erseufzten und erbrüllten 400,00 Euro nur 160,00 Euro blieben. Den Rest behielt das Arbeitsamt.

Damals.

,Nun,'
dachte ich mir,

‚ich werde es auf alle Fälle einmal versuchen'
und unterschrieb den Vertrag. Ich war
gezwungen, etwas nebenbei zu verdienen, da ich
sonst weder mein Auto noch den Beitrag für
meine Zusatzrente hätte bezahlen können. Mir
blieb keine andere Wahl, denn ohne Auto war ich
nicht mehr in der Lage, auch kleinste Einkäufe
nach Hause zu tragen. Dafür bin ich zu krank.
Aber das gehört nicht hierher.
Aber nicht krank genug, um in Rente zu gehen,
denn dafür fehlt dem Deutschen Staat das Geld
(wozu habe ich dann eigentlich mein ganzes
Leben lang für meine Rente einbezahlt?).

Bevor ich meine Arbeit ausführen dufte, musste
ich erst einmal bei der für mich zuständigen
Verbandsgemeindeverwaltung vorsprechen, um
einen Gewerbeschein zu beantragen, da die von
mir angestrebte Tätigkeit als sogenannte
„selbstständige Arbeit" eingestuft wurde.

Da saß ich nun auf einem Stuhl im Flur der
Verwaltung und wartete auf den zuständigen
Sachbearbeiter, der sich momentan nicht in
seinem Büro aufhielt. Ich zermarterte mir das
Gehirn, wie ich auf seine Frage, welcher Art
Tätigkeit ich denn nachgehen würde, um einen
Gewerbeschein bewilligt zu bekommen,
antworten sollte.

Ich entschloss mich dazu, einfach die Wahrheit zu sagen, nämlich, dass ich auf einer Telefon-Sex-Line arbeiten würde. Ich wollte mich sozusagen ‚outen'.

Nach einer, wie mir vorkam, schier endlosen Zeit erschien endlich ein relativ junger Mann (so Mitte 30) und bat mich in sein Büro. Gleichzeitig mit uns betrat auch ein Freund meines jüngsten Sohnes dieses Büro. Er arbeitet in dieser Verwaltung, und ich flehte zu Gott, dass er das Büro verlassen würde, bevor ich mein Anliegen vortragen musste.

Aber er war neugierig. Er wollte wissen, warum ich da war. Doch als der zuständige Sachbearbeiter bemerkte, dass ich nicht mit der Sprache heraus wollte, solange sein jüngerer Kollege noch im Zimmer war, bat er ihn höflich, zu gehen und uns alleine zu lassen.

Mir fielen Tausende Steine vom Herzen.

Fragend sah er mich an. Ich konnte nicht anders, aber jetzt fiel die ganze Anspannung von mir ab, und unter Tränen trug ich ihm meine Bitte vor.

Dass er nicht von seinem Stuhl fiel, ist mir bis heute ein Rätsel.

Er war so geschockt, dass er wirklich zuerst nichts sagen konnte und mich nur sprachlos anschaute. Was musste er wohl in diesem Moment von mir denken? Wir leben hier auf dem Land. Zwar nicht gerade hinter dem Mond, aber auch nicht weit weg davon.

Da saß eine alte Frau vor ihm und beantragte einen Gewerbeschein, weil sie Telefonsex machen wollte? Er konnte und wollte es wohl auch nicht glauben und gab vor, noch nie einen derartigen Gewerbeschein ausgestellt zu haben und verließ fluchtartig das Büro, um sich bei anderen Kollegen Rat zu holen.

Hoffentlich kommen die jetzt nicht alle und schauen sich mich, dieses Monster, an, durchlief es mich heiß, und am liebsten wäre ich auf der Stelle weggelaufen, aber da kam er schon zurück.

Er schien Mitleid mit mir zu haben, denn ich konnte meine Tränen einfach nicht zurückhalten, und als ich mich nach einer halben Stunde von ihm verabschiedete, wünschte er mir alles Gute.

Und so wählte ich am selben Abend mit klopfendem Herzen die angegebene Telefonnummer und begann somit meine Tätigkeit als ‚Moderatorin einer Flirtline'.

Kapitel 2

Martin aus der Nähe von Hamburg

Mein aller erster Telefonsex-Kunde heißt angeblich Martin und kommt aus der Nähe von Hamburg. Sagt er. Ich soll für ihn 30 Jahre alt sein und einen großen Busen und einem kleinen Popo haben. Außerdem ist er heiß darauf, meine Muschi zu lecken.

Also erzähle ich ihm, dass meine Oberweite 90C sei, ich selbst 1,70 cm groß wäre mit tiefblauen Augen und schulterlangen, blonden Haaren.

Aufgrund meiner Stimme versetzen ihn schon diese wenigen Worte in einem wahren Taumel der Gefühle, und als ich ihm dann noch erzähle, dass ich gerade mit meinen steifen Brustwarzen am Spielen bin, wird er total heiß.
Sein Atem geht immer schwerer, und er stöhnt in das Telefon.

„Bitte, bitte,"

fleht er,

„spreize deine Beine und lass mich mit meinem Kopf dazwischen. Ich will dich auslecken, ich will deinen Saft trinken."

Also hauche ich in den Hörer:

„Ja Martin, ich habe meine Beine jetzt ganz weit gespreizt. Das linke Bein liegt über der Rückenlehne meiner Couch und das rechte Bein auf meinem Wohnzimmertisch. Weiter spreizen kann ich sie nicht."

Bevor ich meinen Phantasien weiter Lauf lassen kann, stöhnt er ganz laut auf, und ich weiß in dem Moment, dass er abgespritzt hat.

Sofort legt er den Hörer auf.

Ich war leicht benommen. Hautnah, quasi so, als ob er direkt neben mir gewesen wäre, hatte ich mitbekommen, wie ein wildfremder Mann durch mich und allein durch meine Stimme einen Orgasmus bekommen hatte.

Einerseits war ich geschockt, andererseits aber auch überwältigt. Aber mir wurde nach diesem Gespräch auch klar, ich benötige einen Kopfhörer für mein Telefon, damit das Stöhnen der Männer nicht durch die Freisprechanlage in meiner Wohnung zu hören ist. Ich wohne in einer Kellerwohnung und will nicht, dass meine

Vermieter etwas von meiner Tätigkeit mitbekommen.

Außerdem brauche ich eine Stoppuhr, um die gesprochene Zeit zu messen und somit einen Überblick über meinen Verdienst zu erhalten.

Die geschätzte Zeit für dieses Gespräch lag bei etwa drei Minuten.

Also habe ich circa 36 Cent mit Martin verdient.

Martin jedoch hat mindestens 5,97 Euro dafür bezahlt, mindestens.

Mir reicht es fürs Erste, und ich gehe zu Bett.

Stefan aus Thurgau

Die Moderatorin (kurz MD genannt), die mich mit ihm verbindet, teilt mir mit, dass ich 20 Jahre alt sein soll mit dunklen Haaren und braunen Augen und aus Thurgau, wo immer das auch ist, komme.

„Also, los geht's!" (Aufforderung der Moderatorin).

„Hallo, na, wer bist du denn?" hauche ich ins Telefon.
„Stefan,"
kommt es schüchtern zurück.
„Und wie geht es dir, Stefan?" meine Frage.
„Oh, danke gut" seine Antwort.
„Und was suchst du hier, Stefan?"
hauche ich weiter.
„Na, Telefonsex natürlich,"
kommt es leise zurück.
(Minuten schinden, Minuten schinden, denke ich derweil.)

„Wie siehst du denn aus, Stefan?"
frage ich, bemüht, meiner Stimme einen Hauch von Verruchtheit zu geben. (Außerdem kann ich anhand seiner Angaben meine Größe

dementsprechend anpassen, sollte er auch wissen wollen, wie ich aussehe.)

„1,72 cm, blonde Haare und schlank,"
antwortet Stefan.
„Und deine Augen?"
(Zeit schinden, Zeit schinden)
„Na, die sind grau-blau, so ungefähr, glaube ich."
„Stefan, möchtest du auch wissen, wie ich aussehe?"
„Ja, gerne."
„Also Stefan, ich bin 1,68 cm (habe gerade meine Größe an seine angepasst), habe dunkle, schulterlange Haare und braune Augen. Gefällt dir das, Stefan?"
„Ja, das gefällt mir gut."

„Stefan, möchtest du sonst noch was von mir wissen?"
frage ich weiter. (Ich habe bewusst nicht mehr von mir gesagt, um ihn anzuregen, weitere Fragen zu stellen, um auf diese Weise Zeit herauszuschinden.)

„Ja, wie groß ist denn dein Busen?"
„75C antworte ich.
„Gefällt dir das, oder stehst du lieber auf größere Brüste?"
„Nein, nein, 75C ist toll, find ich gut."

„Ich bin gerade mit meinen Brustwarzen am Spielen. Au, jetzt habe ich sie ein bisschen zu fest angepackt."
Er stöhnt auf.

„Stefan, was machst du denn gerade?"
will ich weiter wissen.
„Ich spiele mit meinem Schwanz."
„Oh Stefan,"
jauchze ich auf,
„wie gerne wäre ich jetzt bei dir. Steht er schon oder schläft er noch?"
„Er steht schon ein bisschen."
„Oh Stefan, bitte, bitte sage mir, auf was dein Schwanz steht."
„Er mag es, wenn du ihn bläst."
„Ja Stefan, das mache ich gerne. Weißt du, auf was ich ganz besonders stehe?"
„Was denn?"
fragt er und atmet schwer.

„Stefan, ich stehe total auf Sperma. Und wenn du mir deine erste Ladung, Stefan, es muss unbedingt die erste sein, in den Mund spritzt und ich sie schlucken darf, dann mache ich dir anschließend alles, was du willst, alles! Stefan."
(Ich gebe meiner Stimme dabei einen ganz besonders erotischen Touch.)
„Ist das wirklich wahr?"

Stefans Atem geht schneller.

„Ja, Stefan, wirklich, und wenn du dann noch mit meinen Brustwarzen spielst und meine Brüste massierst, dann..."

Stefan stöhnt laut auf, und ich bin mir sicher, dass er gerade abspritzt. Dann legt er auf.

Ich schaue auf meine neu erworbene Stoppuhr und stelle erfreut fest, dass ich über vier Minuten mit Stefan gesprochen habe.

Ich habe circa 48 Cent mit Stefan verdient.

Stefan jedoch hat mindestens 7,96 Euro für sein Vergnügen bezahlen müssen.

Hat er sein Handy benutzt, ist es mindestens das Doppelte. Mir bleiben aber nur die 48 Cent.

Kapitel 3

Nach mehreren kürzeren Gesprächen in der letzten Nacht, in der ich morgens um vier Uhr 30 ins Bett ging, werde ich schon wieder um fünf Uhr durch das Telefon geweckt.

Es ist diese Telefonsexfirma und man fordert mich auf, wieder zu arbeiten, da nicht genug Frauen auf der „Line" wären. Todmüde erkläre ich, dass ich doch gerade erst aufgehört habe zu arbeiten und auch etwas Schlaf benötige, worauf man sich damit zufrieden gibt und ich wieder in mein Bett zurück darf. Jedoch eine Stunde später klingelt das Telefon erneut und wieder fordern sie mich auf, den Dienst aufzunehmen.

Nachdem sich dieses Spiel fast stündlich wiederholt, verbanne ich mein Telefon in die Küche, damit ich wenigstens ein paar Stunden Schlaf bekomme. Aber kaum bin ich aufgestanden, klingelt das Telefon schon wieder und so geht das nun, seitdem ich diesen Job angenommen habe. Mittlerweile bin ich in der Lage, das Klingeln zu ignorieren.

Meinen Freunden und Verwandten habe ich gesagt, dass mich ein Stalker verfolgt (was wirklich stimmt) und dass ich daher das Telefon nur noch abnehme, wenn ich vorher höre, wer mir auf den Anrufbeantworter spricht und ich somit weiß, wer mich sprechen will.

Außerdem muss ich für mindestens eine Stunde am Tag zu einer festgelegten Uhrzeit für meine sogenannten Stammkunden, genannt ‚Stammis', erreichbar sein. Stammis sind zumeist Männer, die aufgrund eines vorhergegangenen Gespräches mit mir, mich auf alle Fälle kennen lernen wollen oder nur mit mir am Telefon Sex haben wollen. Ich habe keine Wahl. Ich muss diese Gespräche annehmen, oder es ist ein Grund zu Abmahnung.

Ich weiß nicht, wie lange ich dieses ständige Telefonklingeln auf Dauer ertragen kann.

Außerdem habe ich Angst, dass, wenn meine Freunde mich besuchen, sie mir den Stalker nicht abnehmen oder aber, um ihn abzuschrecken, selbst das Telefon beantworten wollen, um ihm einmal gründlich die Meinung zu sagen.

Hans aus Bozen

Die Moderatorin teilt mir kurz mit, dass Hans aus Bozen eine feminine, weibliche, zärtliche Gespielin für schöne Sexspiele zu zweit sucht.
„Mach dich an ihn ran!"
(Die Moderatorin versucht, lustig zu sein.)

„Hallo, wer bist denn du?"
Da ich heute etwas müde bin, kommt mein bewährter Spruch eher träge rüber zu meinem Gesprächspartner.
„Ich bin der Hans, der Hans aus Bozen. Weißt du wo Bozen ist?"
„Selbstverständlich weiß ich wo Bozen ist, ich komme doch aus der Nähe."
Natürlich komme ich nicht aus der Nähe von Bozen, aber wir sollen die Männer, die uns anrufen, in dem Glauben lassen, dass wir ganz in ihrer Nachbarschaft wohnen.
„Und woher kommst du genau?"
Immer diese Fragen der Männer. Schlecht für mich ist, dass ich keine Ahnung habe, welcher Ort sich in der Nähe von Bozen befindet.
„Na gut, ich komme direkt aus Bozen."
„Und warum hast du das nicht gleich gesagt?"
Der Stimme nach zu urteilen, ist Hans ein Mann mittleren Alters.

„Weil ich immer am Anfang etwas skeptisch bin, verstehst du das?"

„Nein, nicht wirklich. Aber egal. Wann hast du Zeit für ein Treffen?"

Immer wieder diese Fragen nach einem Treffen. Weiß er denn nicht, dass wir das auf keinen Fall machen? Anscheinend nicht.

„Was für ein Treffen suchst du genau?"

(Zeit schinden)

„Warum glaubst du wohl, rufe ich auf einer Sex-Hotline an, vielleicht um mit dir spazieren zu gehen?"

„Ja, das wäre schön. Die Wettervorhersage ist doch gut."

Ja, für unsere Region schon, aber die von Bozen? Mir wird ein wenig warm, aber es scheint, als ob der Wettergott ein Einsehen mit mir hat.

„Nein, auf den Punkt gebracht, ich will Sex mit dir haben. Richtigen guten Sex. Eine ganze Nacht lang, und wenn du mich zufrieden stellst, dann vielleicht auch für länger."

„Auf welchen Sex stehst du denn?"

„In der Anzeige steht, dass du alles mit dir machen lässt. Warum fragst du denn jetzt, auf was ich stehe? Ich dachte, mit dir kann ich machen, was ich will?"

‚Diese Männer'

schießt es mir durch den Kopf.

‚Glauben die denn wirklich, dass eine Frau einfach so alles mit sich machen lässt?'

„Nun, ich muss mich doch auf deine Wünsche vorbereiten. Sicher gehen, dass ich alles da habe, um deine Wünsche zu erfüllen."

„Nein, so geht das nicht. In der Anzeige stand, dass du Hausbesuche machst. Du brauchst nichts mitzubringen. Ich habe alles da. Übrigens, du hast eine supergeile Stimme. Du machst mich richtig heiß. Also los, komm her und zwar schnell. Mein kleiner Freund zwischen meinen Beinen ist ganz hart geworden. Er hat Lust auf dich und will mit dir spielen. Du bist doch eine Dreilochstute, oder?"

Da es mir sowieso heute nicht so gut geht, regt mich dieser alte Mann auf.

„Selbstverständlich stehe ich dir mit all meinen Öffnungen zur Verfügung. Nur eine Frage habe ich: Wie groß ist denn dein kleiner Freund zwischen deinen Beinen? Auf was muss ich mich vorbereiten?"

„Du musst dich auf nichts vorbereiten."

Langsam wird er ungeduldig und wütend.

„Er hat bisher noch in jedes Loch gepasst und wenn nicht, habe ich das Loch passend für ihn gemacht, verstehst du?"

Selten war ich so froh, weit weg von Bozen zu sein. Aber trotzdem gilt es, Zeit zu schinden.

„Wie meinst du das, passend gemacht?"

„Na sag bloß, du hast noch nie was von Dehn-spielchen gehört?"

Nein, nicht wirklich, aber das darf ich ja nicht zugeben. Also muss ich improvisieren.

„Ja, doch, schon, was benutzt du denn? Soll ich noch einige Dehnwerkzeuge mitbringen?"

„Du hast welche?"

Aus dem eben noch brummigen Mann wird ein interessierter, aufgeregter Lustmolch, der glaubt, eine Gleichgesinnte vor sich zu haben. Er hat ja keine Ahnung, dass ich nicht weiß, von was wir beide gerade sprechen.

„Ich habe verschieden große Dildos, mit denen du meine Muschi dehnen kannst."

„Das ist alles?"

Hans verschluckt sich fast vor hässlichem La-chen.

„Du glaubst, ich will nur deine Muschi dehnen? Was ist mit deinem Arschloch? Ich hoffe, es ist eng?"

„Oh ja, sehr eng sogar."

Ein sehr zufriedenes
„gut"
kommt über die Lippen von Hans.

„Sehr gut, ich mag ein enges Poloch, und wenn ich dann langsam anfange es zuerst mit einem mittleren Dildo auseinander zu ziehen und immer weiter und weiter mit anderem Spielzeug dehne, bis zum Schluss fast meine ganze Faust hinein passt, dann ....."
Mir ist schlecht.
„Und was dann?"
frage ich zaghaft.
„Dann kommt mein kleiner Freund zwischen meinen Beinen an die Reihe. Der ist nämlich gar nicht so klein, der ist riesig."

Mit Schrecken denke ich daran, was dieser Mann mit einer Frau vorhat. Dass sie Schmerzen bei so einer Sache empfinden muss, er aber nur an die Erfüllung seiner Lust denkt. Manche Männer machen mich einfach fassungslos, denn ich kann mir vorstellen, dass es Frauen gibt, die das alles ertragen müssen. Erst kürzlich war im Fernsehen eine Reportage über ein Bordell, das Männern für eine Flatrate anbot, mit den Frauen machen zu dürfen, was sie wollen.

„So sag schon, wann treffen wir uns?"
„Heute oder sagen wir mal, die ganze Woche geht es leider nicht, denn ich muss für eine Untersuchung ins Krankenhaus."
„Hier in Bozen?"

„Ja, hier in Bozen."

„Auf welche Abteilung?"

„Ich glaube, ich komme auf die innere Abteilung. Nur für eine Untersuchung. Es dauert so ungefähr zwei bis drei Tage."

„Sag mir wie du heißt, und ich komme dich besuchen."

„Ich bin Cindy."

„Nein, ich meine deinen ganzen Namen. Vor- und Zuname, also, wie heißt du?"

„Nein Hans, das geht nicht. Hier am Telefon bekommst du meinen ganzen Namen nicht. Das musst du doch verstehen."

Hans scheint einen Moment zu überlegen.

„Na ja, du hast mich geil gemacht, und ich will dich haben. Dich und all deine Löcher. Du machst alles mit, oder?"

„Ja Hans, wenn ich aus dem Krankenhaus bin, dann mach ich dir alles, was du willst."

Gut Cindy, dann rufe ich dich in genau einer Woche wieder an. Bis dann."

Hans hat aufgelegt. Ich fühle mich erleichtert.

Eine geschlagene Woche vergeht und ich hatte Hans schon vergessen, als die Moderatorin mit ihrer frischen Stimme mich in die Wirklichkeit zurückruft:

„Hallo Cindy, hier ist Hans, und er kann es kaum erwarten, mit dir zu sprechen."

Ich hatte mich zu früh gefreut und nicht geahnt, welche Ausdauer Hans mit sich brachte.

„Guten Abend Cindy, wie geht es dir?"
„Danke, Hans, es geht mir wieder besser:"
„Ich wollte dich im Krankenhaus besuchen, Cindy, aber dort wusste keiner von dir. Auf welcher Etage warst du denn und auf welcher Station?"

Beißend und zornig klingt seine Stimme, und mir wird angst und bange, obwohl er mir ja nichts tun kann. Ich bin zuhause, weit weg von Bozen und Hans. Ich bin eine schlechte Lügnerin, aber jetzt muss ich sehen, wie ich aus dieser Sache wieder heraus komme, denn einfach auflegen darf ich ja nicht.

„Ich war auf der zweiten Etage im dritten Zimmer links, und mir ging es die ersten zwei Tage gar nicht gut."

Nun klang meine Stimme zornig, und ich war es auch. Wie konnte er sich anmaßen, eine ihm unbekannte Frau in einem Krankenhaus zu suchen, nur um seine sexuelle Lust zu befriedigen? Das machte mich wütend.

„Denkst du nur an dich?"

schrie ich ihn an. Und je zorniger ich mit ihm sprach, umso besser ging es mir auf einmal.

„Hast du nicht einmal daran gedacht, dass es mir in der Zeit vielleicht schlecht ging?"
„Es tut mir leid, Cindy. Es tut mir leid, daran habe ich nicht gedacht. Ich wollte dich doch nur besuchen."
Plötzlich war Hans ganz kleinlaut.
„Ist gut, aber jetzt glaube bloß nicht, dass ich dich kennen lernen will. Die Sache ist gegessen, Hans. Tschüss."

Da ich nicht auflegen darf, bin ich von jetzt an einfach nur still.
„Cindy, hallo Cindy?"
Ich antworte nicht und versuche, meinen Atem so flach wie möglich zu halten, damit er glaubt, ich hätte aufgelegt.
„Scheiße."

Und endlich hat Hans aufgelegt. Ich habe danach nie mehr mit ihm gesprochen. Nicht, dass ich es vermisst habe, im Gegenteil.

Bernd aus Berlin

Die Moderatorin, die mich mit Bernd verbindet, teilt mir kurz mit, dass er eine etwa 18- bis 21-jährige Frau aus Berlin sucht. Aussehen Nebensache. Er steht auf Tittenfick.

„Hallo, guten Abend, na, wer bist du denn?"
(Mein Standardsatz, mit dem ich fast immer meine Gespräche beginne und in den ich den mir am möglichsten Schmelz meiner Stimme lege.)

„Guten Abend, hier ist Bernd, wie geht es dir?"
„Oh, danke, Bernd, jetzt wo ich dich höre, geht es mir gut. Und wie geht es dir, Bernd?"
„Ja, danke, mir geht es auch gut."
„Und was suchst du hier, Bernd?"
(Wie immer, ist auch der Spruch mittlerweile Standard bei mir.)
„Ja, was suchst du denn hier?"
fragt statt dessen Bernd zurück. Er hört sich sehr unsicher an. Er ruft wahrscheinlich erst zum ersten oder zweiten Mal auf so einer Line an.

Da ich heute etwas aggressiv drauf bin, warum weiß ich selbst nicht so genau, antworte ich sehr direkt:
„Ich bin geil und du?"

„Ich auch,"

kommt es etwas erleichtert zurück und schon ist die Basis für ein heißes Gespräch geschaffen.

„Du hörst dich sehr gut an, Bernd, siehst du auch so gut aus, wie du dich anhörst?"

frage ich schmeichlerisch. Natürlich fällt er darauf herein und ich merke, wie sein Selbstbewusstsein wächst.

„Ja, ich bin 1,89 und sportlich gebaut."

(Sportlich gebaut sind fast alle, sagen sie wenigstens.)

„Und deine Haarfarbe?"

(Zeit schinden)

„Ich habe blonde Haare."

„Kurze oder lange?"

frage ich weiter.

„Kurze."

„Und deine Augen?"

„Die sind blau."

„Ja, Bernd, dunkel- oder hellblau?"

(immer noch Zeit schinden).

„Hellblau."

„Oh, ich liebe hellblaue Augen. Darf ich mich auch mal beschreiben, Bernd, oder ist dir egal, wie ich aussehe?"

„Nein, nein, ist mir nicht egal. Bitte beschreibe dich."

Dieses Mal bin ich etwas über 1,70 cm, habe dunkelblaue Augen und wie immer, einen wunderschönen Busen mit sehr harten Brustwarzen, an denen ich gerade am Spielen bin.

„Worauf stehst du denn, Bernd?"
frage ich zärtlich. Die MD hatte es mir zwar gesagt, aber wenn er es noch einmal erzählt, vergehen ein paar Sekunden oder vielleicht eine ganze Minute, und das bedeutet Geld für mich.

Er druckst etwas herum, will nicht richtig mit der Sprache heraus, wie so viele, die das erste oder zweite Mal anrufen. Und wieder bin ich es, die die Initiative ergreift.
„Möchtest du wissen, was ich gerade mache?"
Meine Stimme klingt jetzt sehr lasziv.
„Ja, bitte."
Er atmet etwas schneller.

„Ja, weißt du, ich liege hier auf meinem Bett und deine Stimme hat meine Brustwarzen ganz hart gemacht. Ich habe gerade mein Top hochgeschoben und spiele ein bisschen mit ihnen. Au, oh, jetzt habe ich sie ein bisschen zu fest angefasst."
Ich höre ihn lauter stöhnen und fange nun selbst an, etwas schneller zu atmen, damit er meint,

dass er mich erregt und sich dabei vorstellt, wie ich selbst an mir herumspiele.

„Bitte, Bernd, bitte, sage mir doch, auf was du stehst. Was würdest du denn mit mir anfangen, wenn du jetzt nach Hause kämest und mich so auf meinem Bett vorfinden würdest? Mein Top hochgeschoben bis an den Hals und meine Brustwarzen steif und zwischen meinen Fingerspitzen?"

Sein Atem ist jetzt noch schneller.
„Ich würde die Brustwarzen in den Mund nehmen",
stammelt er.
„Und dann, Bernd, was machst du dann mit mir?"
Die gespielte geile Ungeduld in meiner Stimme verfehlt ihre Wirkung nicht.
„Ich würde deine Muschi lecken und dich dann ficken."

„Oh, Bernd, du gehst aber ran. Wohin willst du mich denn ficken? In meine Muschi oder in mein Popoloch?"
(Von der MD weiß ich ja, dass er auf einen Tittenfick steht, aber die kostbaren, gesprochenen, geldbringenden Minuten müssen ja irgendwo herkommen.)
„Zwischen deine Titten."

Sein Atem wird immer heftiger und über den Knopf in meinem Ohr höre ich, wie er seinen Penis reibt.

„Oh, Bernd, ich wäre jetzt gerne bei dir."

Ich seufze sehnsüchtig.

„Das wäre schön."

Er kann nur noch stammeln.

„Wie gerne würde ich mich jetzt auf den Rücken legen und deinen Schwanz zwischen meine Brüste klemmen und ......"

Bevor ich meinen Satz zu Ende sprechen kann, kommt ein Aufschrei durch meinen Knopf im Ohr. Er ist gekommen. Etwas fahrig versucht er, das Telefon auszuschalten, was ihm erst nach ein paar Versuchen gelingt (einige zusätzliche Sekunden für mich).

Das Gespräch mit Bernd brachte mir gerade mal 36 Cent.

Bernd jedoch musste mindestens 7,96 Euro für seinen Orgasmus bezahlen.

Ich bin froh, dass ich mir mittlerweile einen Knopf für mein Ohr gekauft habe. Er ist verbunden mit einem Mikrofon direkt vor meinem Mund und einem Kabel, das bis zu meinem Telefon geht und dort eingesteckt ist. So kann keiner, außer mir hören, was der Anrufer sagt, und ich kann direkt in das Mikrofon sprechen und muss nicht mehr so laut sein. Und ich kann dabei stricken, da ich das Telefon nicht mehr in meiner Hand halten muss.

Walter aus Homburg

„Hallo, Cindy, hier ist ein ganz alter Herr, der nach einer ganz jungen Dame sucht, die ihm ein bisschen Freude bereiten soll. Machst du ihm die Freude?"

„Aber gerne MD, die ganz Alten sind mir die Liebsten. Die sind immer so nett und vor allen Dingen so dankbar."

„Hallo, ist da jemand?"
Eine wirklich ganz alte, zittrige Männerstimme.
„Die Cindy ist hier und wer bist du?"
„Guten Tag, Cindy. Ich heiße Walter, und ich wohne in Homburg. Homburg an der Saar. Kennen Sie das?"
„Ja, Walter, ich habe schon einmal davon gehört. Das ist doch im Saarland, oder?"
„Ja, genau, dass ein so junges Mädchen das weiß, das hätte ich nicht gedacht."
Walter siezt mich. Ein Herr der alten Schule, also muss auch ich ihn siezen, was mir leicht fällt, denn auch ich bin so erzogen worden.

„Womit könnte ich Ihnen eine Freude machen, Walter?"
„Sie sind so jung, ich weiß gar nicht, ob ich Ihnen das sagen soll."

Walter ist tatsächlich etwas irritiert.

„So jung bin ich ja auch nicht, "
antworte ich schnell.

„Ich bin immerhin schon einundzwanzig Jahre alt."

„Also doch so jung."

„Aber Walter, ich bin vielleicht jung, aber nicht zu jung, oder?"

„Was will denn so ein junges Mädchen mit einem so alten Knacker, wie ich das nun mal bin?"

„Ich mag ältere Herren, Walter, ganz ehrlich. Ich stehe nicht so auf die jungen Männer."

„Und das soll ich Ihnen glauben?"

„Bitte, Walter, das stimmt wirklich. Wie alt sind Sie denn?"

Walter lacht ein wenig, er scheint etwas langsam in seiner Denkweise und in seinem Handeln zu sein. Normalerweise freue ich mich, denn das bringt mir ja das Geld, aber in seinem Fall will keine Freude bei mir aufkommen. Er muss wohl sehr alt und sehr allein zu sein.

„Wenn ich Ihnen sage, wie alt ich bin, dann hängen Sie bestimmt sofort auf."

„Ich verspreche Ihnen, Walter, das mache ich ganz bestimmt nicht."

Noch nie ist mir ein Versprechen auf der Line so leicht gefallen.

„Ich bin schon sechsundachtzig und hängen Sie jetzt auf?"

„Walter? Hallo? Sind Sie noch da?"

„Sie haben nicht aufgehängt?"

„Nein, Walter, das habe ich Ihnen doch versprochen, und was ich Ihnen verspreche, das halte ich auch."

„Das ist gut. Ich mag ehrliche Menschen."

‚Ach, Walter, wenn Sie wüssten,'

denke ich und habe sofort ein schlechtes Gewissen.

„Wie kann ich Ihnen denn eine Freude bereiten, Walter?"

„Kann ich das einem so jungen Mädchen denn wirklich sagen?"

Walter scheint wirklich Hemmungen wegen meinem angeblich jugendlichen Alter zu haben.

„Ja, Walter, bitte sagen Sie es mir, bitte."

Er druckst noch ein wenig herum, er ziert sich noch ein wenig, aber dann entschließt er sich endlich, mir zu sagen, warum er angerufen hat.

„Wissen Sie, junge Dame, ach jetzt habe ich Ihren Namen vergessen. Wie heißen Sie, meine Liebe?"

„Walter, ich bin die Cindy."

„Ach ja, jetzt weiß ich es wieder, ja die Cindy. Also was ich Ihnen sagen wollte, war, ich wohne ganz alleine, seitdem meine Frau gestorben ist."

„Das tut mir leid, Walter."

Er scheint nicht gehört zu haben, was ich gerade gesagt habe.

„Wissen Sie, Cindy, meine Frau und ich haben bis kurz bevor sie gestorben ist, immer noch regelmäßig Sex gehabt. Und der fehlt mir nun. Der fehlt mir sehr, und da habe ich gedacht, ich rufe mal an und vielleicht können Sie mir ja helfen?"

„Gerne, Walter, sehr gerne. Auf was haben beim Sex denn Lust?"

„Auf etwas, das meine Frau nie mit sich hat machen lassen. Das würde ich gerne einmal ausprobieren."

„Und was ist das, Walter?"

„Ich möchte so gerne einmal Ihre Muschi lecken dürfen."

Ein tiefer Seufzer entringt sich seinen Lippen. Er tut mir leid, hat er doch sein ganzes Leben diesen Traum gehabt, und er konnte ihn nie ausleben.

„Meine Muschi dürfen Sie gerne lecken, Walter. Ich mag das sehr."

„Ehrlich?"

„Ja, Walter, ganz bestimmt."

„Moment einmal, junge Dame, ach, jetzt habe ich schon wieder Ihren Namen vergessen."

„Ist doch nicht schlimm, Walter, ich bin die Cindy."

„Ja, Fräulein Cindy, ich mache mir gerade die Hose auf und hole mein Schwänzchen raus. Moment, gleich habe ich es. Ich lege nur mal kurz das Telefon hin."

Er ist richtig süß.

„Fräulein Cindy, sind Sie noch da?"

Selbstverständlich bin ich noch da, habe aber ein schlechtes Gewissen. Was dieses Telefonat den armen Walter schon kostet!

„Ja Walter, sicher bin ich noch da."

„Mein Schwänzchen ist schon ein bisschen steif geworden, Fräulein Cindy. Ich reibe es ein wenig und Sie erzählen mir, wie ich Ihre Muschi lecken soll, ja?"

„Gerne, Walter. Also, entweder lege ich mich auf den Rücken mit einem Kissen unter meinem Popo, damit meine Muschi schön hoch liegt und Sie sie besser sehen können. Dann spreize ich meine Beine, greife unter meine Oberschenkel, ziehe die Beine an mich ran und mache sie ganz weit auseinander, damit Sie mit Ihrer Zunge direkt an meine Muschi dran kommen und sie gut lecken können."

„Hallo, Walter?"

Ich höre ein ganz lautes Stöhnen in meinem Ohr, das mir andeutet, dass irgendetwas mit Walter ist.

„Walter, hallo Walter, was ist los?"

Das schwere Atmen in meinem Ohr macht mir Angst. Wer weiß, was gerade mit Walter passiert? Er wird doch keinen Herzanfall bekommen haben? Aber dann höre ich, wie sein Atmen flacher und leiser wird.

„Hallo Walter, ist alles in Ordnung?"

„Danke Fräulein Cindy, vielen Dank. Mein Schwänzchen hat schön gespritzt. Vielen Dank und bis später einmal. Auf Wiederhören, Fräulein Cindy."

Aber Walter hat nicht aufgelegt. In seiner emotionalen Ausnahmesituation hat er das Telefon nur neben sich auf einen Tisch oder etwas Ähnliches gelegt. Ich kann es nur vermuten, denn sehen kann ich es nicht durch das Telefon. Ich höre Geräusche, so, als ob er sich zurecht macht und sein Schwänzchen wieder in seiner Hose verstaut.

Dann ruft plötzlich eine Stimme, eine weibliche Stimme, die den Raum zu betreten scheint:

„Hallo, guten Tag Herr .... Ich bringe Ihnen Ihr Essen. Heute gibt es Eintopf, den essen Sie doch so gerne."

„Ja, den esse ich sogar sehr gerne"

antwortet Walter.

„Sie sehen heute aber gut aus, Herr ...., richtig schöne rote Bäckchen haben Sie. Kommen Sie bitte essen."

Ich muss lächeln. ,Kein Wunder dass Walter rote Bäckchen hat', denke ich schmunzelnd. Wenn diese Frau wüsste, was er noch vor fünf Minuten gemacht hat.

Walter schlurft nach nebenan und ich höre, wie er immer wieder seinen Löffel in einen Teller taucht und isst.

Gerade noch hatte er noch einen Orgasmus und nun isst er. Hat er seine Hände nicht gewaschen? Nein, das konnte er unmöglich gemacht haben. Es befällt mich großer Ekel.

„Schmeckt es Ihnen, Herr ...?"

ruft die Frau, während sie sich wieder dem Zimmer nähert, in dem das Telefon liegt.

„Ja, danke, es schmeckt gut heute."

Diese Frau, die Walter das Essen gebracht hat, scheint auch ein wenig Staub zu wischen. Die Geräusche, die ich durch das Telefon höre, deuten darauf hin. Es vergeht eine Weile. Dann setzt sich Walter wieder auf den Sessel oder die Couch neben dem Telefon. Er scheint erst dann zu bemerken, dass es noch an ist und macht es erst jetzt aus.

Armer Walter, seine Schusseligkeit hat ihn einiges Geld gekostet. Wo hat sein Schwänzchen wohl hin gespritzt? Ich will über diese Frage nicht weiter nachdenken. Und was wäre gewesen, wenn diese Frau, die ja wohl einen Schlüssel zu seiner Wohnung besaß, nur einige Minuten früher gekommen wäre? Auch darüber möchte ich nicht weiter nachdenken.

Knapp fünf Minuten. Das ist einfach nicht lange genug. Ich muss versuchen, die Männer langsamer zu ihrem Orgasmus zu bringen, sonst ist mein Durchschnitt zu gering, um wirklich etwas zu verdienen.

Kapitel 3

Ein Durchschnitt von 6,5 Minuten pro Gespräch muss jetzt unbedingt mein erstes Ziel sein, damit sich diese Arbeit am Ende vom Monat auch lohnt.

Ich überlege mir, dass es vielleicht gut wäre, in meinem Computer ein Formular zu erstellen, auf dem ich die Namen und Orte der jeweiligen Anrufer vermerken kann, so dass ich bei den Gesprächen nicht durcheinander komme. Ein Blick auf das Formular würde dann genügen, um mir zu zeigen, dass ich im Moment z.B. mit Bernd und nicht mit Stefan spreche.

Auch die Dauer der Gespräche muss ich dort vermerken können, um einen Überblick zu behalten.

Ich darf auch nicht so schnell sprechen, muss mir angewöhnen, die Wörter zu dehnen, um so Zeit herauszuholen.

Aber an diesem Abend klappt es noch nicht so richtig, und so gehe ich gegen vier Uhr in der Frühe frustriert schlafen und wundere mich am beim Aufwachen, dass ich nicht von meiner neuen Arbeit geträumt habe.

Uwe aus der Nähe von Frankfurt

Ausnahmsweise habe ich beschlossen, einmal tagsüber zu arbeiten, da ich morgen früh aufstehen muss, und daher nicht in der Nacht arbeiten kann.

„Hallöchen, meine liebe Cindy. Hier habe ich den Uwe aus der Nähe von Frankfurt, und er sucht eine Sklavin. Willst du eine gute Sklavin für Uwe sein?"
„Na klar, MD. Ich werde Uwe dienen und ihn dabei sehr glücklich machen. Gib ihn mir."

Ich habe zwar keine Ahnung, was eine Sklavin alles machen muss und wie sie sich verhalten soll, aber ich hatte einen brutalen Ehemann, dem ich hilflos ausgeliefert war und bin nun etwas ängstlich gespannt und neugierig darauf, was jetzt auf mich zukommt.

Und schon hat die MD mich mit dem Anrufer, der sich Uwe nennt und angeblich aus der Nähe von Frankfurt kommt, verbunden.

„Hallo, wer ist denn da?"
meine obligatorische Frage.

„Wer hat dir erlaubt, eine Frage zu stellen? Ich habe eine Sklavin verlangt. Bist du eine Sklavin?" Sein harter Ton erschreckt mich zutiefst. Erinnerungen an meinen brutalen, prügelnden Ex-Ehemann kommen in mir hoch.

„Ja, mein Herr. Ich bin Ihre unterwürfige Sklavin und werde all Ihre Wünsche zu Ihrer Zufriedenheit erfüllen."
Ich gebe meiner Stimme einen erschrockenen Klang. Was heißt ich gebe, ich bin erschrocken.
„Das brauchst du mir nicht extra zu sagen", faucht er mich durch das Telefon an.
„Das ist doch selbstverständlich und setze ich voraus."
Ich antworte nicht darauf, da ich nicht weiß was ich antworten soll.
„Hast du mich verstanden, Sklavin?"
herrscht er mich weiter an.
„Ja, mein Herr. Ja. Ich habe Sie verstanden."

„Du wirst nur sprechen, wenn ich es dir erlaube. Und du wirst mich nur mit ‚mein Herr' anreden! Hast du das auch verstanden, Sklavin?"
„Ja, mein Herr. Das habe ich auch verstanden, mein Herr."

Warum brüllt er denn so, frage ich mich. Ich kann ihn durch das Telefon doch gut verstehen.

49

„Sklavin, was machst du gerade?"

„Ich sitze auf meiner Couch, mein Herr."

„Wer hat dir erlaubt, auf der Couch zu sitzen? Sofort auf den Fußboden mit dir, Sklavin! Auf alle Viere, Sklavin! Hast du mich verstanden, Sklavin?"

„Ja, mein Herr. Auf alle Viere auf den Fußboden, mein Herr."

Sage mir, wenn du auf allen Vieren auf dem Fußboden kniest, Sklavin."

„Ja, mein Herr."

Ich mache ein paar Geräusche, in dem ich von meiner gemütlichen Couch aufstehe, mich ein bisschen bewege und mich dann wieder auf meine Couch setze.

„Ich bin jetzt auf allen Vieren auf dem Fußboden, mein Herr."

„Gut so, Sklavin. Du gefällst mir, Sklavin. Und wenn du dich weiter so willig zeigst, behalte ich dich vielleicht, Sklavin."

„Oh, danke mein Herr, vielen Dank. Ich würde mich freuen, Ihre Sklavin sein zu dürfen."

„Sklavin, wer hat dir erlaubt zu reden? Du weißt genau, dass du dich nicht zu freuen, sondern nur meinen Befehlen zu folgen hast! Leider bin ich jetzt gezwungen, dich zu bestrafen. Das weißt du, Sklavin. Oder?"

„Ja, mein Herr, das weiß ich. Es tut mir leid, mein Herr."

Es ist zu spät, Sklavin. Den Fehler hast du schon begangen, ob es dir leid tut oder nicht. Und deshalb werde ich dich jetzt bestrafen, Sklavin."

„Ja, mein Herr."

„Was hast du noch an, Sklavin?"

„Ich trage ein T-Shirt und eine Jeanshose, mein Herr."

„Ist das alles, Sklavin? Ist das wirklich alles oder hast du noch etwas vergessen, Sklavin?"

„Ich trage noch ein Paar Socken, mein Herr."

„Und was trägst du unter deinem T-Shirt und unter deiner Jeanshose? Bist du etwa nackt darunter, Sklavin?"

„Nein, nein, mein Herr. Ich bin nicht nackt unter meinem T-Shirt und meiner Jeanshose. Ich trage noch einen Büstenhalter und einen String-Tanga, mein Herr."

„Sklavin, als ich dich gefragt habe was du an- hast, hast du mir nichts davon gesagt. Du bist eine schlechte Sklavin. Ich glaube, ich suche mir eine andere Sklavin. Eine, die das macht, was ich von ihr verlange. Du scheinst eine widerspenstige Sklavin zu sein."

„Nein, mein Herr, bitte nicht. Ich verspreche Ihnen, ich werde alles tun. Ich hatte nur nicht an meine Unterwäsche gedacht, mein Herr. Bitte, bitte behalten Sie mich, mein Herr, bitte."

Warum tue ich das? Wenn ich seine Stimme höre, höre ich die Stimme meines geschiedenen Mannes. Warum lasse ich mich nur so demütigen? Warum? Warum schreie ich ihn nicht an und lege einfach auf? Warum lasse ich das alles mit mir machen? Aber die Antwort liegt auf der Hand. Erstens muss ich Geld verdienen, um mein Auto halten zu können und meine Zusatzrente weiter bezahlen zu können und zweitens kann er mir ja nicht wirklich weh tun am Telefon. Wenigstens nicht körperlich.

Wen kümmert denn schon meine Seele?

„Na gut, Sklavin. Dieses eine Mal gebe ich dir noch eine letzte Chance. Aber es ist die letzte. Hast du mich gut verstanden, Sklavin?"

„Ja, mein Herr, ja. Ich habe Sie gut verstanden, mein Herr."

„Zieh dein T-Shirt aus, Sklavin, sofort!"

„Ja, mein Herr. Ich ziehe jetzt sofort mein T-Shirt aus."

Ich reibe mit dem Stoff meines T-Shirts ein wenig über die Sprechmuschel meines Telefons, damit er glaubt, dass ich mich wirklich ausziehe.

„Ich habe mein T-Shirt ausgezogen, mein Herr."
„Gut, Sklavin. Kniest du noch auf allen Vieren auf dem Boden, Sklavin?"
„Ja, mein Herr, ich knie noch auf allen Vieren auf dem Boden, mein Herr",
antworte ich und rekele mich dabei gemütlich auf meiner bequemen Couch.
„Setze dich jetzt auf deinen Hintern, Sklavin und ziehe deine Jeanshose aus, Sklavin, sofort!"
„Ja, mein Herr, ich setze mich auf meinen Hintern und ziehe sofort meine Jeanshose aus, mein Herr."

Jetzt bewege ich mich ein bisschen hin und her auf meiner Couch, mache dabei den Reißverschluss meiner Hose etwas auf und wieder zu, damit mein Herr die Geräusche hört, stöhne dabei ein wenig so, als ob ich eine enge Hose über meinen Po hinunter- und dabei ausziehe.
„Ich habe meine Jeanshose jetzt ausgezogen, mein Herr",
berichte ich ihm ein bisschen atemlos (die Hose war halt sehr eng).

„Gut, meine Sklavin. Nun ziehe deinen Büstenhalter aus."

„Ja, mein Herr, ich ziehe jetzt meinen Büstenhalter aus".

Noch einmal schiebe ich den Stoff meines T-Shirts über das Mikrofon vor meinem Mund.

„Ich habe den Büstenhalter jetzt ausgezogen, mein Herr."

„Was hast du jetzt noch an, Sklavin?"

„Jetzt trage ich nur noch meine Socken und meinen String-Tanga, mein Herr."

„Zieh deine Socken aus, Sklavin, aber schnell. Das alles dauert mir zu lange!"

Gott sei Dank, denke ich. Je länger es dauert, umso besser meine Chancen, mein Auto zu behalten.

„Ja, mein Herr, ich ziehe jetzt ganz schnell meine Socken aus. Erst den linken, ja, der ist aus und nun noch den rechten. So, mein Herr. Meine Socken habe ich jetzt auch ausgezogen, und nun trage ich nur noch meinen String-Tanga, mein Herr."

„Welche Farbe hat dein String-Tanga, Sklavin?"

„Er ist hellblau, mein Herr. Genau wie der Büstenhalter, den ich gerade ausgezogen habe, mein Herr."

„Ich habe nicht nach der Farbe des Büstenhalters gefragt, Sklavin. Beantworte nur die Fragen, die ich dir stelle, Sklavin! Wie oft soll ich es dir noch sagen? Dafür wirst du jetzt bestraft. Auf alle Viere, Sklavin, sofort!"

„Ja, mein Herr, ja, ich bin jetzt auf allen Vieren, mein Herr."

„So, Sklavin, dafür, dass du mich schon ein paar Mal heute geärgert hast, werde ich dir 25 Schläge auf deinen nackten Hintern geben. Behalte deinen String-Tanga dabei an. Hast du mich verstanden, Sklavin?"

„Ja, mein Herr, ich habe Sie verstanden, mein Herr."

„Nun, Sklavin. Ich habe mir etwas überlegt. Du wirst dir diese Schläge selber zufügen. Mit der flachen Hand zehn Schläge auf dein rechtes Hinterteil und fünfzehn Schläge auf dein linkes Hinterteil. Hast du mich verstanden, Sklavin?"

„Ja, mein Herr. Ich habe Sie verstanden. Zehn Schläge auf mein rechtes Hinterteil und fünfzehn Schläge auf mein linkes Hinterteil. Ist das richtig so, mein Herr?"

Ja, Sklavin. Genau so will ich es haben. Fang an. Und feste, laute Schläge, damit ich sie hören kann, Sklavin."

Fieberhaft überlege ich, wie ich diese Geräusche hervorbringen soll, ohne mir dabei weh zu tun. Niemand hat mir das erklärt. Auflegen während eines Gespräches ist verboten. Was soll ich nur tun?

„Sklavin, ich höre nichts. Warum führst du deine Strafe nicht aus?"
Seine Stimme klingt so böse und verärgert, dass ich erschreckt zusammen zucke. So und genau so böse hörte sich die Stimme meines Ex-Mannes an, wenn er wütend war.

Ich halte meinen linken Arm nahe ans Telefon und fange an, meinen Arm zu schlagen. Nicht zu fest, sondern nur so, dass man es hören kann.
„Das nennst du dich bestrafen, Sklavin?"
schreit er durch das Telefon.
„Lauter und fester, Sklavin."
„Ja, mein Herr."

Ich schlage ein wenig fester, ohne mir aber wirklich weh zu tun. Um die Schläge zu über-tönen, schreie ich bei jedem Schlag kurz auf und hoffe, dass er damit zufrieden ist.

„Zähl die Schläge, so, dass ich es kören kann, Sklavin, und hör auf zu jammern."

„Ja, mein Herr, ich zähle die Schläge laut, damit Sie es hören können, mein Herr."

Jetzt zähle ich ganz laut bei jedem angeblichen Schlag, und er ist zufrieden.

„Du bist doch eine gute Sklavin. Ich glaube, ich behalte dich."

„Oh, danke, mein Herr. Vielen Dank."

„Wie alt bist du eigentlich, Sklavin?"

„Ich bin 23 Jahre alt, mein Herr."

„Was macht dein Hintern, Sklavin?"

„Er tut weh, mein Herr, und ich glaube, er ist ganz rot von den Schlägen, mein Herr."

„Was heißt, du glaubst er ist ganz rot? Wieso weißt du es nicht, Sklavin?"

„Nun, mein Herr. Ich knie noch auf allen Vieren auf dem harten Boden und kann so meinen Hintern nicht sehen, mein Herr. Ich kann nur fühlen, dass er heiß und geschwollen ist und dass er brennt. Wenn Sie mir erlauben, mein Herr, dass ich aufstehen darf, um mich vor dem Spiegel in meinem Badezimmer anzuschauen, dann kann ich es Ihnen genau sagen, mein Herr."

„Gute Sklavin. Ich erlaube dir aufzustehen und dich im Badezimmer zu betrachten. Steh jetzt auf, Sklavin und gehe ins Badezimmer!"

„Danke, mein Herr. Vielen Dank."

Wieder reibe ich mein T-Shirt über das Mikrofon vor meinem Mund und rutsche ein paar Mal auf meiner Couch hin und her.

„Oh, mein Herr, mein Hintern ist ganz rot. Das linke Hinterteil mehr als das rechte, und es brennt ganz schlimm, mein Herr. Was soll ich tun, mein Herr?"

„Ist der Boden in deinem Badezimmer gefliest, Sklavin?"

„Ja, mein Herr. Auf dem Boden in meinem Badezimmer liegen Fliesen, mein Herr."

„Dann setz dich auf die Fliesen, Sklavin. Sie werden deinen Hintern kühlen."

„Aber mein Herr, die Fliesen sind so hart, und mein Hintern tut so weh."

„Sklavin! Gibst du mir schon wieder Widerworte? Soll ich dich noch einmal bestrafen? Hast du noch nicht genug?"

„Doch, mein Herr, doch. Ich habe genug. Bitte, entschuldigen Sie, mein Herr. Ich setze mich sofort mit meinem Hintern auf die harten, kalten Fliesen, mein Herr."

Au, oh, au, oh, mein Herr, das tut weh, sehr weh, mein Herr."

„Das muss es ja auch, Sklavin, sonst wäre es ja keine Strafe. Verstehst du das, Sklavin?"

„Ja, mein Herr, jetzt verstehe ich es, mein Herr. Aber jetzt kühlen die Fliesen nicht mehr, mein Herr, jetzt tut mir mein Hintern nur noch weh. Oh, mein Herr, es tut so weh, oh, au. Mein Herr, au!"

Und als ich das letzte „au" von mir gebe und dabei anfange, etwas lauter meinen angeblichen Schmerz herauszupressen, stöhnt ‚mein Herr' laut auf und legt auf.

Meine Stoppuhr sagt 21 Minuten.

2,52 Euro für mich, mein Auto und meine Zusatzrente.

41,79 Euro Unkosten für meinen Herrn. Ich glaube, er hat sein Handy benutzt. Falls ja, dann kostet es ihn mehr als das Doppelte.

Ich lege mich gemütlich auf meine Couch und schalte das Telefon aus.

Sascha aus der Nähe von München

Die Moderatorin, die mich mit ihm verbindet, teilt mir mit, dass ich ungefähr 25 bis 30 Jahre alt sein soll mit großen Titten. Er steht auf Natursekt. Natursekt?? Moment, was war das denn noch mal? Ich versuche, ganz schnell in Gedanken die Broschüre, die man mir gegeben hat, durchzugehen, aber da ist auch schon Sascha.

„Hallo, hallo, ist da jemand?"
höre ich seine ungeduldige Stimme.
„Ja, hallo, guten Abend. Hier ist Cindy. Wer bist du denn?"
(Weiß ich doch schon von der MD, aber seine Antwort bringt zusätzliche Sekunden.)

„Ja, hallo, hier ist der Sascha."
„Hallo, Sascha, na wie geht es dir?"
(Immer noch spreche ich einfach zu schnell.)
„Danke, mir geht es gut. Wie heißt du? Ich habe dich nicht richtig verstanden?"

„Oh, Sascha, es tut mir leid, wenn ich so undeutlich spreche. Hier ist Cindy. Hast du mich jetzt besser verstanden?"
„Ja, jetzt schon. Wo kommst du eigentlich her, Cindy? Ich wollte doch Eine aus der Nähe von

München, aber deiner Sprache nach zu urteilen, kommst du von weither, stimmt das?"

„Ja, Sascha, das stimmt schon. Eigentlich komme ich ja aus dem Saarland (entschuldigt bitte ihr Saarländer, aber mir fiel gerade nichts Besseres ein), aber ich wohne seit ungefähr einem Jahr in der Nähe von München."

„Ja, Cindy, stimmt das?"

„Ja, Sascha, das stimmt. Und was suchst du hier, Sascha?"

„Ich suche Sex."

Das war klar und deutlich. Und aufgrund seines süddeutschen Dialektes sehe ich gute Chancen, ein paar Fragen doppelt zu stellen, weil ich sie angeblich nicht verstanden habe. Ich merke gerade, dass ich auf einmal ganz schnell lerne.

„Ja, Sascha, Sex, das suche ich auch."

Ich hoffe, dass meine Stimme sehr sehnsüchtig klingt. Und dabei bin ich immer noch am überlegen, was denn nun Natursekt ist.

„Wie alt bist du eigentlich?"

frage ich leise.

„Ich bin 27 und du?"

„Ich auch."

Ich hoffe, dass ich mich total erfreut und ganz verzückt anhöre.

„Toll, das passt ja gut. Und wie siehst du aus?"

„Nun, Sascha, ich bin 1,68 cm, habe schulterlange mittelblonde Haare mit ein paar hellen Strähnchen und dunkelblaue Augen. Sascha, ganz, ganz dunkel. Gefällt dir das?"

„Ja, das gefällt mir. Wie groß sind denn deine Titten?"

Männer! Immer die Frage nach der Größe des Busens. Ob sie jung sind oder alt. Aber ist ja egal, Hauptsache die Sekunden verrinnen. Deshalb beschreibe ich mich am Anfang auch nie ganz, damit sie nachfragen müssen und mir so ein bisschen extra Verdienst ermöglichen.

„75C, Sascha. Sind die so richtig für dich oder magst du sie lieber etwas größer?"

„Nein, nein, die sind schon so in Ordnung."

„Sascha, wie siehst du denn aus? Deiner Stimme nach zu urteilen bist du groß und kräftig."

„Ja, schon, wie man es nimmt. Klein bin i net."

Sein süddeutscher Akzent kommt langsam durch. Jetzt muss ich aufpassen.

„Dann beschreib dich doch bitte mal, Sascha."

„Also i bin 1,78 und kräftig gebaut."

„Bitte, bitte, Sascha, nicht so schnell sprechen. Ich habe dich jetzt gerade nicht so richtig verstanden. Wie groß bist du"?

Und nun versucht er es erneut in seinem besten Hochdeutsch:

„Ich bin 1,78 cm und kräftig gebaut."

„Ja, Sascha, das glaube ich. Das höre ich schon an deiner Stimme, dass du ein starker Mann bist."

Geschmeichelt erzählt er weiter:

„Ja, wir haben halt einen Hof, und da muss ich mit anpacken. Wir haben so 40 Stück Rindvieh auf dem Hof."

„Das glaube ich dir, dass du da mit anpacken musst",

antworte ich verständnisvoll und hoffe, dass meine Stimme ihm meine Bewunderung für seine harte Arbeit rüberbringt.

„Bestimmt musst du morgens schon sehr früh aufstehen?"

(Es ist mittlerweile 01.15 Uhr am Samstag.)

„Ei, ja, so um viere halt."

Und bevor ich ihn weiter ausfragen kann, wird er etwas lebhafter.

„Aber dazu rufe ich diese Nummer nicht an. Ich will mit dir nicht über unsere Rindviecher reden."

„Ja, Sascha, das ist klar. Mich interessiert das halt so, bitte nicht böse sein."

Meine Stimme ist jetzt sehr geknickt.

„Na, na. Is scho recht."

„Was hast du gesagt, Sascha?"

„Ist schon recht. Es ist halt nur so, dass es sehr teuer ist, mit dir zu reden und wollen tu ich halt was ganz Bestimmtes. Deshalb ruf ich ja an."

„Aber natürlich, Sascha, was ist denn das Bestimmte, das du gerne möchtest? Womit kann ich dir eine Freude machen? Du hast es verdient, das merkt man."

„Ja, es ist halt so, dass ich auf Natursekt stehe. Du musst nicht gerade zur Toilette, oder?"

Und nun fällt es mir wieder ein.

‚Natursekt, natürlich. Er steht auf mein Pipi. Mein Gott, was mache ich denn jetzt? Gehört habe ich zwar schon davon, aber selbst etwas damit zu tun gehabt? Nein! Na schön, dann frage ich mich nun einfach langsam mal bei ihm durch. Hoffentlich merkt er nicht, dass ich mich jetzt gerade „jungfräulich" auf dieses Gebiet begebe.'

Selbst kann ich es mir zwar nicht vorstellen, Pipi zu trinken oder mit Pipi zu spielen, aber schließlich sitze ich hier an meinem Telefon, um Geld zu verdienen und nicht, um Spaß zu haben. Vorsichtig taste ich mich vor:

„Wie hättest du meinen „Sekt" denn gerne, Sascha?"

„Nun, ich würde gerne hören, wie du Pipi machst. Auf der Toilette halt."

Er wird ungeduldig.

Er will es also hören. Aber ich setze mich doch nicht auf die Toilette und mache es wirklich. Da gebe ich viel zu viel von mir preis. Das geht auf keinen Fall. In meinem Kopf überschlagen sich meine Gedanken. Wie soll ich es machen, dass es sich so anhört, als ob ich wirklich pinkeln würde?

Leider überlegte ich zu lange. Genervt hat er die Null gedrückt und somit unser Gespräch beendet. Ich begreife gerade, dass ich fast keinen Einfluss auf die Länge eines Gespräches habe. Die Männer können mich sofort ‚wegdrücken', wenn ihnen etwas nicht gefällt.

Immerhin dauerte das Gespräch über sechs Minuten. Circa 72 Cent habe ich damit verdient.

Und Sascha, oder in diesem Fall seine Eltern, dürfen ungefähr 11,94 Euro für sein Vergnügen bezahlen.

Aber er hat mir ja nur die Null gegeben, das bedeutet, dass er die Null auf seinem Telefon drückt, unsere Verbindung dadurch beendet, er aber automatisch erneut mit der MD verbunden wird. Die wiederum wird ihn mit einer Kollegin von mir verbinden, bei der er dann hoffentlich seine Befriedigung findet und die sich nicht so dumm anstellt, wie ich es gerade gemacht habe.

Die Endabrechnung für seinen Anruf wird zum Schluss dann natürlich sehr viel höher sein.

Kapitel 4

Ich muss einfach besser werden. Sascha war zwar der erste Mann, der von mir Natursekt haben wollte, aber er wird bestimmt nicht der letzte sein. Ich muss mir etwas überlegen, damit derjenige am anderen Ende der Leitung glaubt, dass ich gerade auf der Toilette sitze und mein Geschäft verrichte.

Ich greife nach der Flasche mit Sprudel, die neben meiner Couch steht, um einen Schluck davon zu trinken und habe sofort eine Idee. Natürlich! Ich fülle eine leere Flasche Sprudel mit Leitungswasser, deponiere sie im Badezimmer, und falls wieder jemand zuhören will, wie ich uriniere, schütte ich einfach das Wasser langsam aus der Sprudelflasche in die Toilette.

Gesagt, getan. Ich merke, dass es gar nicht so leicht ist, es naturgetreu ‚laufen' zu lassen. Ein bisschen Übung gehört schon dazu, um herauszufinden, wie viel Wasser in der Flasche sein muss, um es langsam und regelmäßig in die Toilette laufen zu lassen. (Bloß nicht zu schnell, ich denke an die Sekunden, die mir Geld bringen.)

Nach mehrmaligem Üben bin ich mit mir und meiner zweckentfremdeten Sprudelflasche sehr zufrieden und gehe guter Dinge und vor allem voller Hoffnung auf weitere, längere Telefonate in mein Bett.

Nein, träumen will ich nicht davon.

Hubert aus Koblenz

„Hallo, Cindy höre ich die MD in dem Kopfhörer in meinem Ohr. „Ich habe den Hubert für dich. Er ist 68 und kommt aus Koblenz. Er sucht eine reife Frau. Los geht's!"

„Hallo, hallo, ist da jemand?"
Ich höre sofort an dieser Stimme, dass sich dahinter ein älterer kleiner Mann verbergen muss.
„Ja hallo, hier ist Cindy. Wer bist du denn?"
„Ich bin der Hubert. Hast du gehört? Hubert bin ich. Wie heißt du noch mal? Ich habe deinen Namen nicht verstanden?"
Da mir in seinem Fall der Name Cindy albern vorkommt, ich mich aber nicht anders nennen darf, versuche ich jetzt einfach, seine Frage zu ignorieren.

„Hubert? Du heißt Hubert? Das ist aber ein schöner Name. Den habe ich lange nicht mehr gehört."
„Ja, du bist bestimmt auch noch sehr jung",
antwortet Hubert.
„Weißt du, Hubert ist ein ganz alter Name, aber meine Mutter mochte ihn und deshalb heiße ich Hubert. Aber du hörst dich noch so jung an, und

deshalb kennst du die alten Namen bestimmt nicht."

Wenn Hubert wüsste, dass ich immerhin fast 60 Jahre alt bin.

„Ich will keine Junge. Das habe ich der Frau am Telefon auch gesagt. Ich habe ihr gesagt, dass ich eine ältere, reife und erfahrene Frau haben will. Eine, mit der ich reden kann und mit der ich auch ein bisschen Spaß haben kann. Nicht so eine junge Frau, wie du das bist. Nein, so eine will ich nicht."

„Aber, Hubert"
antworte ich schnell.
„Ich bin nicht so jung, wie sich das anhört. Ich bin schon älter und eine reife Frau, nur meine Stimme hört sich so jung an. Mit mir kannst du über alles reden, bestimmt. Versuche es doch mal, Hubert."

Hubert wird hörbar wütend.
„Hör auf, mir was zu erzählen. Du und eine ältere und erfahrene Frau! Was sagst du da? Verarschen kann ich mich selber!"
Und weg war Hubert.

Er hat mir einfach die Null gegeben.

Und ich sitze da mit meinen fast 60 Jahren und mit einer Stimme, die sich anhört, als ob ich höchstens 25 Jahre und kein bisschen älter bin, eher noch jünger, und habe gerade mal 24 Cent verdient.

Wenn Hubert nur wüsste ....

Nico aus Hochstatt

„Hallo, Cindy, ich hab da den Nico aus Hochstatt für dich. Er sucht eine 20-jährige. Ich wünsche dir viel Spaß."

Ach, die MD hat gut reden. Unter Spaß verstehe ich etwas anderes. Aber schon ist Nico in meinem Ohr.

„Hi, Süße, wie geht's?"
„Danke, mir geht's gut. Und dir?"
„Ja, mir auch. Hast ne tolle Stimme, Süße. Richtig geil. Turned mich total an, Süße. Ich kriege gerade einen Ständer."
„Hey, du gehst aber ran."

Ich kichere ein bisschen, aber ich mag es nicht, wie er mit mir spricht. Doch laut MD soll ich 20 Jahre alt sein und, na, ja, die jungen Leute von heute haben halt diese komische Sprache drauf. Jetzt muss ich mich richtig anstrengen, auch wenn ich es nicht mag, wie er mich ‚Süße' nennt. So abwertend irgendwie.

„Na klar, Süße, bei deiner Stimme. Was hast du denn noch an? Wie ich dich kenne, bist du splitterfasernackt, oder? Meine Stimme turned dich doch bestimmt genau so an, wie deine Stimme mich, habe ich recht?"

Er lacht selbstgefällig. Die Selbstgefälligkeit der Jugend, auf die sie natürlich genauso ein Recht hat wie die Älteren, nur bei ihm stört es mich. Es klingt so aufgesetzt, so theatralisch.

„Erst mal möchte ich schon gerne wissen, ob du so geil aussiehst, wie du dich anhörst. Beschreib dich doch mal."

Wieder versuche ich Zeit zu schinden.

„Na klar doch, Süße. Nach meiner Stimme bist du ja schon richtig geil. Wenn du erst mal meinen geilen Body sehen könntest. Natürlich überall glatt rasiert, wie sich das gehört."

Seine Selbstgefälligkeit ist jetzt kaum noch zu überbieten.

„Wie groß bist du denn?"

Ich versuche, ihn etwas von seinem hohen Ross herunter zu holen. Aber das gelingt mir nicht.

„Oh, meine Süße. Auf diese Frage habe ich nur gewartet. Ich bin einen Meter und 96 Zentimeter groß. Hast du gehört, Süße? Einen Meter und 96 Zentimeter! Das würde dir gefallen, meine Süße. Da bin ich mir sicher."

Wenn er noch einmal Süße sagt, dann schreie ich. Nein, das darf ich ja nicht. Die Gespräche werden ja mitgehört, und man kann Abmahnungen bekommen, die dann unweigerlich zur Kündigung führen. Und ich brauche doch das Geld.

„Ja, das würde mir gefallen, geil, Süßer."

Ich passe mich an und denke an die Sekunden, die dabei verrinnen und die mir Geld bringen.

Er lacht geschmeichelt.

„Und deine Augen. Welche Augenfarbe hast du?"

„Dunkelbraune, meine Süße. Ich bin ein südländischer Typ. Sonnengebräunt. Ich weiß, dass ich dir gefalle, Süße."

Ich schreie jetzt euphorisch:

„Was, du hast braune Augen? Du hast wirklich braune Augen, Nico? Geil. Da fahre ich ja total drauf ab."

„Das wusste ich, meine Süße. Das habe ich schon an deiner geilen Stimme gehört, dass du auf Südländer abfährst. Du gehst ja ab wie eine Rakete. Du weißt, dass du mich gerade geil machst, Süße, ne?"

„Und ob, Nico. Dass du das so über das Telefon hörst. Find ich richtig geil. Woher bist du denn so braun, jetzt mitten im Winter?"

„Ich hab dir doch gesagt, dass ich Südländer bin. Ich bin daher von Natur aus braun, gehe aber regelmäßig ins Sonnenstudio, weil ich weiß, dass Bräute wie du darauf stehen."

Wenn Nico wüsste!

„Süße, soll ich dir mal sagen, wie ich mir dich vorstelle?"

„Okay, mach mal. Jetzt bin ich aber gespannt, ob du das wirklich richtig triffst."

Wieder lacht er selbstgefällig.

„Süße, ich weiß alles, glaub mir. Ich weiß alles. Nur eine Rassefrau kann so eine Stimme wie du haben."

„Dann beschreib mich doch mal: Bin mal gespannt, ob du wirklich alles weißt."

„Also, Süße, deiner Stimme nach zu urteilen bist du so circa süße einen Meter und 65 Zentimeter und hast lange, schwarze Haare. Stimmt das bis jetzt?"

„Mensch, Nico, woher weißt du das? Hast du etwa eine geheime Kamera in meiner Wohnung versteckt?"

Wenn er mich jetzt sehen könnte. Ich trage einen alten, aber sehr gemütlichen Jogginganzug. Er war einmal dunkelblau, aber durch das viele Waschen, hat er diese Farbe verloren und sieht daher sehr ungepflegt aus. Meine Haare sind grau meliert und die Dauerwellen könnten unbedingt eine Auffrischung vertragen. Leider fehlt mir dazu das Geld.

„Ich habe dir doch gesagt, dass ich aufgrund deiner geilen Stimme genau sagen kann, wie du aussiehst. Und, ich hatte recht. Siehst du?"
Ich darf ihn jetzt nicht unterbrechen. Dies scheint das bisher längste Gespräch zu werden, das ich bis dahin hatte. Also muss ich ihm weiter schmeicheln.

„Ja, du hast recht. Jetzt bin ich aber gespannt, ob du mich weiter beschreiben kannst. Du bist ja richtig toll. Spitze! Aber ich glaube nicht, dass du weißt, was für eine Farbe meine Augen haben."
Ich kichere ein bisschen, was ihm hörbar gefällt. Er atmet ein wenig schneller und heftiger.
„Ja, ich stelle mir vor, warte mal. Mensch, du machst mich richtig kirre mit deiner Stimme. So was von geil. Warte, warte, ja deine Augen sind grün oder braun. So wie meine."

„Ja, was denn nun, sind deine grün oder braun? Ich dachte, du hast gesagt, dass deine braun sind."
(Zeit schinden, Zeit schinden)
„Ja, meine sind ja auch braun. Ich habe ja nur gesagt, dass deine entweder grün oder braun

sind. Deine Stimme macht mich ganz nervös, meine kleine Süße."

„Ja, aber festlegen musst du dich. Sonst stimmt es ja gar nicht, dass du alles weißt, und dann bin ich richtig enttäuscht von dir. Du hörst dich nämlich so toll an. Wie sind denn jetzt meine Augen. Braun oder grün?"

„Ach, Süße, bei deiner Stimme ist mir das eigentlich egal. Aber ich sage mal, deine Augen sind grün. Habe ich recht, Süße?"

Und wieder spiele ich die total Überraschte:

„Mensch, Nico, jetzt glaube ich aber wirklich, dass du hier eine Kamera versteckt hast. Woher sonst weißt du, dass meine Augen grün sind?"

Wieder lacht er selbstgefällig.

„Ich hab dir doch gesagt, dass ich dir aufgrund deiner Stimme sagen kann, wie du aussiehst. Und, hab ich nicht recht?"

„Ja, Nico, du hast wirklich recht. Ich bin total geplättet. Jetzt bin ich aber gespannt, ob du meine Figur genauso gut beschreibst, wie meine Haare und meine Augen. Glaubst du, du kannst das? Jetzt bin ich gespannt. Wenn das auch noch stimmt, darfst du dir was von mir wünschen."

„Ich darf mir was von dir wünschen? Was denn?" fragt Nico neugierig.

„Egal was. Denk dir was schönes Geiles aus."

(Jedes Wort, das ich sage, bringt Geld)

„Egal was?"

„Ja, Nico. Egal was. Ich werde dir all deine Wünsche erfüllen. Alles was du willst. Natürlich nur die Wünsche, die ich in der Lage bin, zu erfüllen."

„All meine Wünsche?"

„Ja, alle, die ich in der Lage bin, zu erfüllen."

Er klingt auf einmal nicht mehr so selbstherrlich. Eher etwas nervös. Ich merke, er will unbedingt, dass er recht behält.

„Nun, ach, meine Süße, deine Stimme macht mich nervös."

„Wieso das denn?"

flöte ich ganz unschuldig.

Was macht denn meine Stimme mit dir? Wieso macht die dich nervös?"

(Naiver geht's nicht mehr)

„Ja, weißt du, meine Süße, meine Hose platzt gleich."

„Aber wieso das denn? Wieso platzt denn deine Hose gleich? Ich versteh das nicht."

(Ich spiele jetzt das Dummerchen vom Lande. Stehen doch die Südländer drauf, denk ich mal.)

Er atmet schwer.

„Du hast gesagt, du erfüllst mir alle Wünsche?"

Ich lache zärtlich und senke meine Stimme etwas.

„Ja, Nico, habe ich dir versprochen. Alle Wünsche, die ich in der Lage bin, zu erfüllen. Das mache ich. Verspreche ich dir. Aber du hast ja noch nichts über meine Figur gesagt. Versuchst du jetzt etwa, dich davor zu drücken?"

„Nein, nein. Aber du machst mich mit deiner Stimme verrückt. Also, ich schätze mal, du hast BH Größe 75C. Habe ich recht?"

Ich antworte nicht sofort, sondern warte einen Moment. (Die Zeit verrinnt so schön und bringt mir Geld.) Wenn er wüsste, dass ich mittlerweile wegen meines Umfangs BH Größe 95C trage, würde er bestimmt sofort auflegen, so aber geht das Spiel weiter.

„Habe ich recht oder nicht?"

fragt er ungeduldig.

Ganz langsam und so, als ob ich jetzt total perplex bin, antworte ich:

„Ja, du hast recht. Das gibt es doch gar nicht. Woher weißt du das alles? Kennst du mich? Hast du mich schon mal gesehen?"

„Ich habe dir doch gesagt, dass ich genau weiß, wie du aussiehst. Ich brauch ja nur deine Stimme zu hören und dann weiß mein Kopf das. Ich bin nämlich ein kluger Mann."

Kluger Mann? Ich hab da so meine Zweifel, aber das kann ich ihm ja unmöglich sagen. Dann würde meine Geldquelle ja sofort versiegen.

„Ja, jetzt aber das Wichtigste. Wie sieht meine Figur aus? Jetzt bin ich aber richtig gespannt. Denk dran, du darfst dir anschließend alles von mir wünschen, alles."
Ich versuche meiner Stimme diesen speziellen Touch zu geben, auf den die Männer sofort abfahren und aus welchen Gründen auch immer, die Lust verspüren, mit mir ein paar Runden in ihrem oder meinem Bett zu drehen.

Seine Stimme klingt auf einmal etwas belegt. Ein bisschen heiser.
„Nun, ich stelle mir gerade vor, dass du einen knackigen Arsch hast. Wunderschöne lange Beine. Schlanke Beine natürlich. Ja, und sonst auch schlank. Eine tolle Figur halt. Stimmt es?"

Ich schaue an mir herunter. Tja, ich habe leider in den letzten Monaten gut zugelegt und wiege mittlerweile 85 kg bei meiner 1,72 cm Körpergröße. Die Rollen, die rechts und links an meiner Hüfte hervorquellen, kaschiere ich mit weiten T-Shirts, Pullis und Blusen. Gott sei Dank lässt das meine Stimme am Telefon wirklich nicht erahnen.

„Bist du noch da?"
höre ich ihn in meinem Ohr.

„Ja, ja, ich bin noch dran. Ich habe mich nur gerade mal genauestens umgeschaut, um zu sehen, ob da nicht doch eine Kamera irgendwo in meinem Wohnzimmer versteckt ist. So genau, wie du mich beschrieben hast! Das gibt es doch nicht. Ich weiß nicht, was ich sagen soll."

Er lacht laut und erleichtert auf. Gerade hat er mir bewiesen, was für ein toller Kerl er ist. Natürlich lasse ich ihn in dem Glauben. Soll er doch denken, dass er der Größte ist. Die Hauptsache für mich ist, dass dieses Gespräch noch lange dauert und mir weiter Geld bringt.

„Und jetzt erfüllst du mir alle Wünsche?"
Seine Stimme holt mich in die Wirklichkeit zurück.

„Ja, Nico, alles was du willst. Ich habe es dir versprochen. Alles was ich erfüllen kann natürlich nur. Ich bin nicht reich."

„Nein, nein, solche Wünsche habe ich nicht an dich. Die Wünsche, die du mir erfüllen sollst, gehen eher in die sexuelle Richtung, meine kleine Süße."

Ich antworte nicht gleich. Jetzt muss ich mit meiner Stimme spielen. Die Nuancen, die ich in der Lage bin hineinzubringen, muss ich jetzt geschickt ausnutzen und an der richtigen Stelle des Gespräches einfließen lassen.

Die Ängstliche:
„Willst du mich etwa schlagen?"

Die Frivole:
„Was möchte denn dein bestes Stück mit mir anstellen?"

Die Zärtliche:
„Oder magst du es, wenn ich dich erst mal am ganzen Körper massiere?"

Die Verrufene:
„Sag mir, wie du mich ficken willst."

Ich fange erst einmal mit der Ängstlichen an.
„Du willst mich doch nicht etwa schlagen oder mir Schmerzen zufügen, oder?"
„Oh nein, meine Süße. Ich schlage dich doch nicht. Dafür bist du mir viel zu schade."
„Was willst du denn? Soll ich dich überall an deinem Körper küssen und streicheln. Soll ich dich massieren?"

Ich höre über meinen Ohrhörer, wie sein Atem schneller wird.

„Nein, vielleicht später. Jetzt will ich meinen Schwanz erst einmal in deinen süßen Arsch stecken."

„Aber das tut doch weh
schreie ich erschrocken auf.

„Du hast doch gesagt, dass du mir nicht weh tun wirst."

„Meine Süße,"
keucht er.

„Es wird dir nicht weh tun. Ich werde ganz zärtlich sein. Als erstes wirst du meinen Schwanz mit Gleitcreme einschmieren und dann wirst du nichts spüren. Im Gegenteil, es wird dir wunderbar gefallen, obwohl mein Schwanz nicht klein ist."

Seine Selbstgefälligkeit geht mir wirklich langsam an die Nerven. Ruhig bleiben, nur ruhig bleiben, sage ich mir. Wenn ich so tue, als ob ich ihm meinen Hintern zur Verfügung stelle, wird noch etwas Zeit verrinnen und meine Finanzen aufbessern. Und wie kann er nur glauben, dass es einer Frau nicht weh tut, wenn er mit seinem angeblich derart riesigen Schwanz in ihren Hintern will?

„Wie groß ist denn dein Schwanz?"

frage ich ganz leise und ängstlich.

„Na, so ungefähr 20 cm bringt er."

„Oh mein Gott, 20 cm? Der ist aber lang, "
schreie ich gespielt entsetzt.

„Und den willst du ganz in meinen Hintern rein drücken?"

„Ja, ich habe dir doch gesagt, dass er nicht klein ist. Aber er passt schon in deinen geilen Arsch. Vielleicht nicht ganz, aber das sehen wir ja dann."

„Und wie dick ist er?"
frage ich ängstlich und klinge hoffentlich ver-schüchtert. Männer stehen auf so etwas. Dann können sie sich als Beschützer und Herr auf-spielen. Sie mögen das und brauchen es auch.

„Nicht erschrecken, Süße. Er ist sechs Zenti-meter dick."

„Sechs cm?"
Jetzt schreie ich aber wirklich erschrocken auf.

„Keine Bange, Süße. Es wird nicht weh tun. Ich habe das schon öfter mit Frauen gemacht, und es hat noch keiner weh getan. Bis heute nicht, Süße. Im Gegenteil. Sie konnten nicht genug davon bekommen."

Was bilden sich die Männer überhaupt ein? Dass sie mit einer Frau machen können, was sie wollen, und die Frauen müssen es für toll empfinden, nur weil ein Macho seinen Spaß daran hat? Ich würde gerne einmal so einem, wie diesem Nico, einen Dildo in der von ihm angegebenen Größe in seinen Allerwertesten stecken. Wäre interessant zu sehen, wie er es selbst empfindet. Aber ich habe im Moment keine Zeit, darüber nachzudenken. Nico ist in seinem Element. Es scheint ihn anzutörnen, dass ich vor seinem angeblichen Prachtstück solch einen Respekt habe.

„Bück dich",
keucht er ins Telefon.
„Los, bück dich."
„Ja,"
flüstere ich,
„ich bücke mich ja. Ganz tief runter bücke ich mich. Ist es gut so?"
„Stöhn",
ruft er ins Telefon.
„Stöhne für mich. Richtig laut. Komm, bitte stöhne."
Sein Atem geht schnell und hart.
Ich fange an zu stöhnen.

„Lauter,"
ruft er.
„Stöhn lauter."

Und da wird die Verbindung unterbrochen. Eine nette Stimme vom Band sagt, dass der Anrufer leider aufgelegt hat.

Schnell stelle ich meine Stoppuhr aus. Immerhin dauerte das Gespräch 32 Minuten.

Ich habe gerade 3,48 Euro verdient, und das Gute daran ist, dass mein Hintern dabei keinen noch so kleinen Schaden genommen hat.

Nico muss mindestens 58,68 Euro für seinen Spaß aufbringen und die Firma, für die ich arbeite, hat den größten Anteil davon bekommen.

Nun, ja – so ist es halt, das Leben!

Kapitel 5

Heut habe ich Post von der Industrie- und Handelskammer bekommen. Post, die wohl jeder Betrieb bekommt, der neu angemeldet ist. Unzählige Formulare sind auszufüllen, und mich befällt Panik. Mein Gott, in was bin ich da nur hinein geschlittert.

Beim Ausfüllen dieser Formulare stelle ich außerdem fest, dass ich unbedingt einen Steuerberater zu Hilfe nehmen muss, um nichts verkehrt zu machen. Aber der kostet auch wieder Geld. Geld, das ich noch überhaupt nicht verdient habe.

Lohnt sich dieser ganze Aufwand? Bleibt mir überhaupt noch etwas von meinem Verdienst übrig? Zweifel an meinem Tun befällt mich.

Aber so schnell gebe ich nicht auf!

Sven aus der Nähe von Stuttgart

„Hallo, Cindy
die MD unterbricht meine Gedanken.
„Hast du Zeit für Sven? Er kommt aus der Nähe
von Stuttgart und steht auf Natursekt und Kaviar."
„Ja, gut, gib ihn mir."

„Na, Sven, wie geht es dir?"
Eine tiefe, sonore Stimme antwortet im schöns-
ten schwäbischen Dialekt:
„Danke, noch geht es mir gut. Ich hoffe, dass du
mir hilfst, dass es mir bald noch besser geht."
Seine Stimme ist einfach toll.
„Wenn du mir sagst, was ich machen soll, damit
es dir besser geht, dann mache ich es gerne.
Sag es mir, sei nicht schüchtern, sag mir, was du
willst, Sven, oder hast du Angst vor mir?"
„Nein, vor einer Frau mit so einer schönen
Stimme muss man doch keine Angst haben. Du
gefällst mir, und bei mir regst sich schon was."
„Oh, oh, Sven. Du bist aber ein ganz Schlimmer."
Wir lachen beide.

„Wo bist du gerade?
will Sven mit seiner wunderbaren Stimme jetzt
wissen.

„Ich liege auf meiner Couch und bin ein bisschen mit mir am Spielen, Sven. Mir ist ganz heiß, und am liebsten würde ich jetzt mein T-Shirt ausziehen."

(Meine Standardansage und die Männer fallen immer darauf rein.)

Über meinen Knopf im Ohr höre ich, wie der Atem von Sven heftiger wird.

„Ich stelle mir das gerade vor, Cindy. Aber bitte sag mir, musst du nicht zufällig gerade mal auf die Toilette?"

Ach ja, die Moderatorin hatte ja gesagt, dass er auf Natursekt und Kaviar steht.

„Ich müsste ein wenig, Sven, und wenn du willst, dann versuche ich es natürlich."

„Och, ja, bitte",

stöhnt Sven in meinem Ohr.

„Bitte, versuche es, und lass mich dabei zuhören, wie du es machst."

Sein Atem geht heftiger.

Also stehe ich langsam von meiner Couch auf und gehe noch langsamer in mein Badezimmer.

„Was möchtest du zuerst, Sven? Den Natursekt oder den Kaviar?"

„Ist mir egal, mach nur",

stöhnt es in meinem Ohr.

‚Ist mir aber nicht egal,`

denke ich. Das geht wieder einmal viel zu schnell. Ich muss noch irgendwie Zeit schinden.

„Wenn ich zuerst versuche, den Kaviar aus mir raus zu drücken, dann geht eventuell der Natursekt mit. Soll ich mit dem Sekt anfangen, Sven?" Du machst mich aber heiß, "
füge ich noch hastig, ein wenig schneller atmend hinzu.

Sven ist so erregt, dass er kaum noch sprechen kann.

„Gut, gib mir den Sekt, aber langsam, damit ich ihn trinken kann, bitte mach."
Stellt er sich wirklich gerade vor, dass ich ihm in den Mund pinkele? Ich kann es nicht glauben. Also nehme ich die Sprudelflasche, und ganz vorsichtig schütte ich ein paar Tropfen in die Kloschüssel. In meinem Ohr höre ich ein lautes Stöhnen, kommt er etwa schon?

„Mach weiter, gib mir mehr. Ich will alles trinken, mach doch schon."
Also gieße ich jetzt das Wasser aus der Sprudelflasche etwas schneller in die Toilette. Es plätschert vor sich hin, und aus dem Mund von Sven kommt ein Stöhnen, das mir anzeigt, dass das genau ist, was er hören will.

Langsam verringere ich nun den Strahl meiner Sprudelflasche, lasse noch ein paar Tröpfchen in die Toilette fallen und stelle die Flasche zurück.

„War das genug Sekt für dich, Sven, oder willst du noch mehr?"

„Das war genau richtig, Cindy. Du bist wunderbar und du schmeckst so gut. Aber jetzt will ich noch deinen Kaviar. Ich muss unbedingt wissen, ob der auch so gut schmeckt wie dein Sekt. Meinst du, dass du mir auch Kaviar geben kannst, bitte?"

„Natürlich gebe ich dir meinen Kaviar, Sven. Aber dafür muss ich mich anstrengen, den muss ich erst kräftig aus mir raus drücken."

Wieder atmet er schwer in meinem Ohr.

„Das weiß ich ja, Cindy. Ich stelle mir vor, dass du über meinem Kopf kniest und dass du mir jetzt deinen Kaviar direkt in mein Gesicht drückst. Meinst du, es klappt?"

„Wenn du dabei meine Pobacken kräftig aus-einander ziehst",

Sven explodiert fast in meinem Ohr,

„dann bin ich sicher, dass ich meinen Kaviar direkt über dein Gesicht drücken kann."

„Mach, Cindy, mach, schneller",

stöhnt es in meinem Ohr.

„Bitte, drück den Kaviar aus dir raus."

Mittlerweile bin ich wieder auf meiner Couch angekommen, wo ich es mir gemütlich gemacht habe. Dann fange ich an, in mein Mikrofon direkt vor meinem Gesicht Töne von mir zu geben, die Sven glauben lassen, dass ich mit aller Gewalt meinen Kaviar aus mir heraus drücke. Hatte ich schon vorher geglaubt, dass der Atem von Sven schneller geht, so rast er jetzt.

„Gib ihn mir, Cindy, bitte lass mich dich schmecken."

Also werden meine Töne, die ausdrücken sollen, dass ich über seinem Gesicht meinen Kaviar aus mir herauslasse, lauter und lauter.

„Komm, hilf mir, Sven, zieh meine Arschbacken noch weiter auseinander, Sven, mach schon, noch weiter!"

Sven stöhnt, dass ich Angst bekomme, dass es vielleicht zu viel wird für ihn, und so beschließe ich, ihm das zu geben, wonach er so sehr verlangt.

„Es kommt, Sven, eine richtig große Wurst kommt für dich, mach deinen Mund auf Sven, iss die Wurst, Sven!"

Und Sven isst meine Wurst. Mit lauten Schmatzgeräuschen imitiert er wirklich den Essvorgang und dann ein Aufschrei, und ich weiß er ist gekommen. Mich überfällt Ekel. Wie kann er Lust dabei empfinden, meine Exkremente zu verspeisen? Aber Sven ist glücklich. Nachdem er, seiner Meinung nach, meine Wurst genüsslich aufgegessen hat, bedankt er sich artig bei mir.

„Darf ich dich noch einmal anrufen, wenn ich wieder Lust auf deinen Natursekt und deinen Kaviar habe?"
„Aber gerne, Sven. Ich werde extra alles für dich aufheben."
„Tschüss Cindy."
„Tschüss Sven."

Gibt es tatsächlich Menschen, deren Freude darin besteht, die Exkremente von anderen Menschen zu verspeisen und dabei einen Orgasmus zu erleben? Ich kann mir das beim besten Willen nicht vorstellen.

Wolfgang aus der Nähe von Köln

„Hallo Cindy,"
die MD reißt mich aus meinen Gedanken. Das Kreuzworträtsel, das ich gerade mache, ist wieder einmal ziemlich schwierig.

„Ich weiß, du machst normalerweise wegen deiner Stimme nur so 25-Jährige. Aber im Moment ist keine andere Frau frei. Machst du mir mal bitte eine circa 50-jährige Frau für Wolfgang aus der Nähe von Köln? Danke und los geht's!"

„Hallo, guten Abend, wer ist denn da?"
Bei älteren Männern bin ich am Anfang immer sehr nett. Sie sind nämlich meistens dankbare und unkomplizierte ‚Kunden'.

„Ich bin der Wolfgang, und ich komme aus der Nähe von Köln. Woher kommen Sie?"
Ich versuche, diese Frage zu umgehen, da viele der Anrufer der Auffassung sind, (warum auch immer), dass wir uns mit ihnen treffen wollen. Vielleicht suggeriert ihnen das aber auch die spezielle Werbung, die in manchen Zeitungen gedruckt und sogar in einigen Fernsehprogrammen ausgestrahlt wird. Dort werden sogar Hausbesuche angeboten. Natürlich treffen

wir uns nicht mit diesen Männern und dürfen, laut Vertrag, auch keine Treffen ausmachen.

„Wolfgang, wollen wir uns nicht duzen? Das ist doch gleich viel persönlicher, oder?"
„Ja gut, wenn Sie das möchten. Ich meine, wenn du das möchtest. Aber dann musst du auch du zu mir sagen. Ich bin der Wolfgang, und komme aus der Nähe von Köln."
Bevor er mich wieder fragen will, woher ich komme, übernehme ich schnell das Gespräch.
„Wolfgang, danke für das du. Natürlich darfst du auch du zu mir sagen. Das ist doch selbstverständlich."
Artig bedankt er sich. Die älteren Männer haben meist noch diesen speziellen Anstand und eine ganz besondere Höflichkeit gegenüber allen Frauen. Ich mag das und bin deshalb auch besonders nett zu Wolfgang.

„Wolfgang, du hörst dich so nett an. Wie alt bist du denn?"
„Och, bestimmt viel zu alt für dich."
„Aber, Wolfgang, das glaube ich nicht. Komm, sag mir bitte, wie alt du bist."
„Wie alt schätzt du mich denn?"

Wolfgang fängt an, ein bisschen mit mir zu kokettieren und bringt damit ein Lächeln auf mein

Gesicht. Alleine das ist schon ein Grund, besonders aufmerksam ihm gegenüber zu sein. Denn leider habe ich nicht allzu viel Grund zum Lachen.

„Na, ich bin schon über 70."

„Nein Wolfgang, nein. Das glaube ich jetzt aber nicht. Wolfgang, du hörst dich nicht älter an als etwas über 50. Bestimmt! Ich glaube, Wolfgang, du willst mich ein bisschen testen, oder?"

„Nein, nein, so etwas mache ich nicht."

Wolfgang ist hörbar geschmeichelt und legt sich jetzt mächtig ins Zeug.

„Ich bin wirklich schon über 70. Ganz genau, ich bin 76."

Ich mime die Fassungslose.

„Nein, Wolfgang, das kann doch nicht sein. Von deiner Stimme her bist du keine 76. Nie und nimmer! Du hörst dich noch so jung an. Ich glaube, du willst mich hier ein bisschen veräppeln."

Ach, wie einfach ist es doch, manche Menschen glücklich zu machen. Und Wolfgang schwimmt dahin.

„Und das sagt so eine junge Frau",

flüstert Wolfgang, und ich habe das Gefühl, dass er ein bisschen weint. Es geht mir sehr nahe.

Dieser Mann scheint sehr, sehr einsam zu sein und sehr alleine.

„Wolfgang, ich mochte noch nie jüngere Männer. Mit denen kann ich einfach nichts anfangen. Ich mochte schon immer reife, erfahrene Männer. So wie du einer bist. Das bist du doch, oder?"
Wolfgang blüht wieder ein bisschen auf.
„Aber du bist doch höchstens Mitte 20, und was willst du da mit einem so alten, fast 80-jährigen Mann wie ich?"
„Weil du dich so nett anhörst, Wolfgang. Es tut gut, mit dir zu reden. Darf ich dich um etwas bitten, Wolfgang?"
„Natürlich, du immer."

„Wolfgang, würdest du dich bitte einmal für mich beschreiben, damit ich weiß, mit wem ich mich gerade so toll unterhalte und der mir das Gefühl gibt, nicht mehr so alleine zu sein?"
„Du bist alleine?"
kommt es ganz erstaunt von Wolfgang zurück.
„Ja Wolfgang, ich bin im Moment ganz alleine und fühle mich sehr einsam."

Und da bricht es aus Wolfgang heraus.
„Ja, ich auch. Seit meine Frau vor drei Jahren gestorben ist, ist keiner mehr da, der mit mir redet. Manchmal habe ich die ganze Woche mit

keinem Menschen gesprochen. Dann gehe ich einkaufen, damit einer vielleicht einmal mit mir spricht. Aber ich treffe dabei nicht immer jemanden, mit dem ich reden kann."

Jetzt weint Wolfgang wirklich. Wenn er nur wüsste, wie gut ich ihn verstehe. Auch ich sitze of wochenlang in meiner Wohnung, vor allen Dingen so wie jetzt im Winter, ohne mit jemandem (außer vielleicht mit meiner besten Freundin oder einer meiner Tanten) zu reden. Ich weiß ganz genau, wie er sich fühlt.
„Wolfgang,"
versuche ich ihn etwas zu beruhigen.
„Schau mal, Wolfgang. Ich kann dich so gut verstehen. Auch ich bin oft alleine und habe niemanden zum Reden."
„Aber du bist doch noch so jung",
unterbricht mich Wolfgang schluchzend.
„Du bist doch nicht alleine. Du gehst bestimmt öfter mal mit deinen Freunden in die Disco oder sonst wohin. Gehst tanzen und hast Spaß. Du kannst mir doch nicht einreden, dass ein so junges Mädchen wie du, dich in einen alten Mann wie mich hinein versetzen kann. Ich glaube, du machst dich über mich lustig."

„Nein, Wolfgang, nein,"
versuche ich ihn zu beruhigen.

„Ich weiß genau, wie du dich fühlst. Und außerdem bin ich gar nicht so jung, wie ich mich
anhöre. Ich gehe auch schon auf die fünfzig zu."
„Das glaube ich dir nicht. Du sagst das nur, um
mich zu trösten."
Wolfgang hört endlich auf zu weinen.

Da er mir absolut nicht glauben wird, dass ich
wirklich so alt bin, muss ich es ihm auf eine
andere Art sagen, dass ich ihn verstehe und mit
ihm fühle.
„Guck mal, Wolfgang. Meine Oma, die vor fünf
Jahren gestorben ist, war auch so alleine. Sie hat
so weit weg von uns gewohnt, dass wir sie nur
sehr selten besuchen konnten. Und zu uns
ziehen wollte sie auch nicht, da sie dann das
Grab ihres verstorbenen Mannes nicht mehr
besuchen könnte. Meine Oma, Wolfgang, war
genau so alleine, wie du es jetzt bist."

Wolfgang hat sich etwas beruhigt. Er ist nicht
mehr so heftig wie gerade zuvor.
„Meine Enkelkinder wohnen auch weit weg."
Seine Stimme klingt jetzt sehr traurig.
„Wie viele Enkelkinder hast du denn?"
frage ich vorsichtig.

„Ich habe vier Enkelkinder. Meine Tochter, ja, die
hat zwei, und mein Sohn hat auch zwei."

„Jungen oder Mädchen?"
will ich wissen.

„Mein Sohn hat zwei Mädchen, und meine Tochter hat einen Jungen und ein Mädchen. Es sind Zwillinge. Ich meine die Kinder von meiner Tochter. Die von meinem Sohn nicht. Das sind ganz normale Kinder."

Ich muss schmunzeln. Sind Zwillinge nicht normal? Aber ich gehe nicht weiter darauf ein. Ich bin froh, dass Wolfgang sich ein bisschen gefangen hat.

„Ich langweile Sie bestimmt?"
fragt Wolfgang leise.

„Nein, Wolfgang, du langweilst mich ganz bestimmt nicht. Wolfgang, waren wir nicht beim du?"

„Oh ja, entschuldige bitte, das hatte ich ja ganz vergessen."

Hatte ich schon gesagt, dass ich ältere Männer mag? Sie sind immer so höflich und nicht so selbstherrlich und arrogant wie so viele junge Menschen.

Ich höre Wolfgang laut aufseufzen.
„Was ist los, Wolfgang. Ist dir nicht gut?"
frage ich besorgt.
„Doch, doch,"
beteuert Wolfgang.

„Es geht mir gut und es tut mir gut, wie lieb du mit mir sprichst. Meine Frau war auch so eine liebe Frau. Aber zum Schluss, da war sie halt sehr krank und konnte nicht mehr so, wie sie wollte und wie ich wollte, ach ja."
Es folgte ein lauter Seufzer.
„Was meinst du denn damit, Wolfgang? Was wollte und konnte sie nicht mehr, was du woll-test?"
frage ich vorsichtig. Ich bekomme langsam eine Ahnung, wie dieses Gespräch jetzt weiter gehen wird.

Auch Wolfgang ist halt nur ein Mann. Aber er ist ein alter, einsamer Mann, der mir leid tut und dem ich versuchen werde, per Telefon, etwas Zärtlichkeit zu geben.

„Nun, du bist noch so jung. Ich weiß gar nicht, ob ich mit dir über solche Dinge sprechen darf."
„Über welche Dinge denn, Wolfgang?"
„Du weißt schon was ich meine."
„Nein, nicht so genau. Ich bin etwas irritiert, Wolfgang, "
antworte ich zärtlich.
„Aber du kannst mir alles sagen. Wolfgang, wirklich alles. Weißt du, Wolfgang, wenn ich jetzt bei dir wäre, würde ich dich in den Arm nehmen

und dann würde ich dich ganz einfach mal ganz lieb drücken."

Ich versuche es Wolfgang leichter zu machen, mir zu sagen, was er wirklich will.

„Ach,"
bricht es aus ihm heraus.
„Das wäre schön. Ich würde dir auch nie weh tun. Niemals würde ich dir weh tun. Ich möchte dich streicheln. Würdest du mir das erlauben?"
„Ja, Wolfgang, streicheln ist schön. Ich mag es, wenn man mich streichelt. Ich mag es sogar sehr. Darf ich dich auch streicheln?"
„Ja,"
flüstert Wolfgang ganz leise.
„Ja, ich mag es auch, wenn man mich streichelt. Und ich mag gerne küssen. Würdest du mich auch küssen?"
„Aber natürlich, Wolfgang, natürlich würde ich dich küssen. Ganz, ganz zärtlich möchte ich dich küssen."
Ich höre Geräusche in meinem Ohr und merke, Wolfgang ist wohl gerade dabei, mich zu küssen. Also sende ich ein paar entsprechende Schmalzlaute durch mein Mikrofon, das sich, verbunden mit dem Knopf in meinem Ohr, direkt vor meinem Mund befindet.

Durch meine Kusslaute angefeuert, legt Wolfgang jetzt aber erst richtig los. Es scheint, dass er mit dem Küssen überhaupt nicht mehr aufhören will, und auch sein Atem geht etwas schneller.

„Oh, du bist so lieb, oh du bist so lieb",
flüstert er mir zwischen seinen Kussattacken ins Ohr.

„Meine Frau hat auch immer so schön geküsst. Das hat ihr gefallen. Das haben wir oft gemacht."

Da wir beide unsere gegenseitigen Kusslaute jetzt eingestellt haben, wird sein Atem wieder ruhiger.

„Ich habe ihre Scheide gemocht",
gestand Wolfgang ohne Vorwarnung.

„Wie, ihre Scheide gemocht?"
frage ich etwas irritiert.

„Na, manchmal durfte ich daran lecken und sie dort küssen. Aber nur manchmal. Sie hat es mir nicht oft erlaubt. Sie hat gesagt, das schickt sich nicht.

„Wie, das schickt sich nicht",
hake ich nach.

„Ja, das weiß ich auch nicht. Das hat wohl ihre Mutter mal gesagt, und sie hat immer das gemacht, was ihre Mutter ihr sagte."

„Aber ab und zu hat sie es dir dann doch erlaubt?"

„Ja, ab und zu. Aber nicht oft."

„Und wann hat sie es dir erlaubt?"
frage ich, denn jetzt bin ich neugierig geworden.

„Wenn sie einen kleinen Schwips hatte, dann durfte ich ihre Scheide küssen und lecken",
kicherte Wolfgang wie ein kleines Mädchen.

„Aber sie hat nicht viel getrunken, und sie hatte nicht oft einen Schwips, leider."

„Das tut mir leid, Wolfgang."

Obwohl ich ein bisschen schmunzeln muss, versuche ich, so viel Mitleid wie nur möglich in meine Stimme zu legen.

„Dürfte ich deine Scheide lecken und küssen?"
fragt Wolfgang vorsichtig und etwas ungläubig.

„Ja, Wolfgang, das dürftest du wann immer du willst."

„Wirklich?"
Wolfgang atmet schwer.

„Du bist doch hoffentlich da nicht rasiert, oder? Heute ist es ja modern, dass man sich dort rasiert. Ich mag das nicht."

„Nein, nein, Wolfgang. Ich bin da nicht rasiert. Bei mir ist alles so, wie Mutter Natur das geschaffen hat."

„Das ist gut. So soll das auch sein. Ich würde dich jetzt so gerne auf deine Scheide küssen, aber du bist ja nicht da. Kannst du nicht zu mir kommen, bitte?"

Mir wird langsam heiß. Nicht von dem Gedanken, wo Wolfgang mich gerne überall küssen und lecken würde, sondern von dem Gedanken, dass Wolfgang sich jetzt wohl darauf versteift, mich unbedingt sehen zu wollen, was aber nicht geht. Ich muss es ihm ganz vorsichtig beibringen. Er ist zu nett, um verletzt zu werden.

„Nein, Wolfgang, das geht jetzt leider nicht."
„Warum denn nicht?"
Er quengelt wie ein kleines Kind.
Und dann muss wohl meine Standardausrede herhalten. Da es mittlerweile 00.45 Uhr ist, fällt sie mir auch nicht schwer.
„Weißt du, Wolfgang, ich bin nämlich am Babysitten. Ich hatte einer Nachbarin schon vor Tagen versprochen, heute Nacht auf ihre beiden kleinen Kinder aufzupassen. Und die kann ich doch unmöglich alleine lassen. Das verstehst du doch, Wolfgang, oder?"

„Ja, das verstehe ich. Aber es ist sehr schade. Es wäre so schön, wenn du jetzt bei mir wärst."

Und bevor ich mich versehe, höre ich wieder diese wohlbekannten Geräusche im Ohr. Er küsst mich für mindestens eine Minute ohne Pause und, wie es mir scheint, ohne ein einziges Mal Luft zu holen.

Es ist das erste Mal, seit ich mit Wolfgang spreche, dass ich auf meine Stoppuhr schaue. Wir sprechen jetzt schon über 35 Minuten. Es fällt mir schwer, bei Wolfgang daran zu denken, dass ich mich nur mit ihm abgebe und nett zu ihm bin, weil ich durch ihn Geld verdiene.
Der Atem von Wolfgang wird schneller. Die Kussgeräusche in meinem Ohr haben, Gott sei Dank, aufgehört.
„Was ist los, Wolfgang?"
frage ich besorgt.
Ich höre eine glucksende, überraschte Stimme:
„Das ist jetzt schon seit Jahren nicht mehr passiert, aber mein Penis, mein Penis, ich meine, ich spüre etwas in meinem Penis. Warte mal, ich lege den Hörer mal aus der Hand und hole ihn aus der Hose. Seit mindestens drei Jahren hat er sich nicht mehr bewegt. Warte mal, bitte, nicht aufhängen bitte."

„Ja, Wolfgang, natürlich warte ich. Ich hänge nicht einfach auf, "
beruhige ich ihn und höre, wie er den Hörer, ich vermute mal auf den Tisch legt. Dann ein paar undefinierbare Geräusche und seinen jetzt immer heftiger werdenden Atem.

Dann greift Wolfgang wieder zum Hörer.
„Er steht wirklich, hörst du, mein Penis ist steif geworden. Ich habe gedacht, dass der das nicht mehr kann. Aber er kann es noch. Oh, wie schön. Ich bin ihn am streicheln."
Wolfgangs Stimme klingt so überrascht, dabei warm und zärtlich.

„Weißt du was meine Frau auch nicht gemacht hat?"
„Was denn, Wolfgang?"
Sie hat ihn nie geküsst und niemals in den Mund genommen. Niemals. Auch nicht wenn sie einen Schwips hatte. Niemals hat sie das gemacht."
„Das ist aber schade, Wolfgang."
„Aber du würdest ihn küssen, oder?"
„Aber natürlich Wolfgang würde ich deinen Penis küssen. Ganz zärtlich Wolfgang und ganz vorsichtig."
Wolfgang stöhnt laut auf.

„Das hat noch nie eine Frau bei mir gemacht. Noch nie in meinem ganzen Leben hat eine Frau meinen Penis geküsst."

Ich stelle mir gerade vor, wie dieser alte, einsame Mann in seinem Sessel sitzt. Seine Hose offen und seinen, wie er ihn zärtlich nennt, Penis in seinen Händen hält und streichelt. Seit Jahren das erste Mal steif.

„Weißt du was ich gerade mache?"
fragt in dem Moment Wolfgang.
„Nein, Wolfgang, was machst du denn gerade?"
„Ich streichle meinen Penis."
„Freut er sich darüber?"
Was Besseres fiel mir gerade nicht ein.

„Ja, er freut sich sehr und hat mich gerade vollgemacht."
„Wie, er hat dich gerade vollgemacht? Was soll das denn heißen?"
frage ich und komme mir ziemlich hilflos vor.
„Er hat ein bisschen gespukt. Das war gut, aber jetzt ist meine Hose nass. Die muss ich schnell ausziehen. Warte mal. Ich bin gleich wieder da. Bitte nicht auflegen."
„Nein, Wolfgang, ich lege nicht auf. Ich verspreche es dir. Ich warte solange am Telefon, bis du zurück kommst."

Und tatsächlich. Wolfgang legt den Hörer wieder daneben. Ich höre, wie er aufsteht. Ich höre auch andere Geräusche, die ich aber nicht zuordnen kann. Weiß Wolfgang denn nicht, wie teuer dieses Gespräch für ihn ist? Jede Minute, in der der Hörer einfach danebenliegt, kostet ihn Geld.

Ich höre immer noch die Geräusche im Hintergrund. Ab und zu ein unverständliches Murmeln von Wolfgang. Es vergehen sage und schreibe neun Minuten bevor Wolfgang den Telefonhörer wieder aufnimmt.

„Hallo, hallo? Bist du noch da?"
„Aber natürlich, Wolfgang. Ich bin noch da. Ich habe es dir doch versprochen, nicht aufzulegen."
„Weißt du, ich habe geglaubt, mein Penis ist zu alt für das. Aber er ist ja gar nicht zu alt. Er hat zwar nicht mehr so viel gespritzt wie früher. Aber er hat es noch nicht verlernt."
Ein glückliches Lachen folgt. Ein richtig zufriedenes, glückliches Lachen.
Und als ich dieses Lachen höre fühle ich mich auch gut.
Durch mich, meine Stimme und meine Worte, geht es einem alten, einsamen Mann irgendwo in Deutschland für einen kleinen Zeitraum gut.
Dadurch geht es auch mir gut.
Ziemlich gut sogar.

„Jetzt bin ich aber müde."

Wolfgang gähnt ins Telefon.

„Ja, Wolfgang. Ich bin auch müde. Sollen wir beide jetzt schlafen gehen?"

Er lacht.

„Ja, aber nur zusammen. Ich würde dich die ganze Nacht streicheln und küssen. Die ganze Nacht. Bis zum Morgen und dann, dann würde ich deine Scheide küssen. Du hast gesagt, dass ich das darf, oder?"

Ich dachte er ist müde. Weit gefehlt. Wolfgang wird wieder munter, aber ich bin müde. Ich möchte in mein Bett und schlafen. Nicht, dass Sex mir keinen Spaß macht. Aber nur mit dem richtigen Mann. Und Wolfgang ist definitiv nicht der richtige Mann, mit dem ich guten Sex haben will.

„Aber natürlich, Wolfgang. Du dürftest meine Scheide so oft und so lange küssen und lecken, wie du das willst. Das habe ich dir versprochen."

„Wann können wir uns dann mal treffen? Am Telefon zu lecken das geht nicht so gut. Und dich am Telefon zu küssen ist auch nicht so, als ob du wirklich da wärst."

„Wolfgang, du weißt doch, dass ich im Moment am Babysitten bin und nicht weg kann."

„Ich rede ja auch nicht von sofort. Ich meine überhaupt mal treffen. Oder hast du auf einmal keine Lust mehr?"

„Natürlich, Wolfgang, habe ich noch Lust. Vor allen Dingen habe ich Lust, deinen Penis mit meinem Mund zu verwöhnen."

Wieder stöhnt Wolfgang laut auf.

„Wirklich? Ist das wirklich wahr? Er ist schon wieder hart. Gut, dass ich keine Hose mehr angezogen habe. Ich glaube nicht, dass er heute noch einmal abspritzt, aber es fühlt sich so gut an. Komm, küss mich, bitte küss mich."

Und wieder höre ich diese schmatzenden, lauten Geräusche in meinem Ohr.

Und dann die Stimme vom Band, die mir mitteilt, dass der Anrufer leider aufgelegt hat.

Aber ein Blick auf meine Stoppuhr zeigt mir, dass Wolfgang nicht aufgelegt hat, sondern dass wir beide eine Stunde miteinander gesprochen haben und dass dann die Post die Verbindung automatisch getrennt hat. Sie tut das, um längere Gespräche und somit teure Kosten für die Anrufer zu vermeiden.

Manche Anrufer hält es jedoch nicht davon ab, sich wieder neu einzuwählen und ein weiteres

Gespräch in beliebiger, bis zu einer Stunde möglichen Dauer zu führen.

„Kommt er wieder?"

Die obligatorische Frage der MD, die wissen will, ob Wolfgang und ich im Laufe des Gespräches vereinbart haben, dass er im Falle einer Trennung des Gespräches wieder anrufen wird.
„Ich glaube nicht. Ich bin jetzt müde und gehe schlafen. Sollte er jedoch wieder anrufen, dann bin ich natürlich bereit, weiter mit ihm zu sprechen. Ruf mich dann einfach zu Hause an, okay?"
„Ist gut, Cindy, dann gute Nacht. Schlaf gut und träum was Schönes."
„Ja, danke MD. Gute Nacht."

Wolfgang hat mir 7,20 Euro Verdienst gebracht.

Er selber hat mindestens 119,40 Euro dafür bezahlt.

Wolfgang rief in dieser Nacht nicht mehr an, und ich konnte in Ruhe schlafen, denn mein Telefon habe ich in der Nacht in meine Küche verbannt, damit es mich im Schlafzimmer beim Schlafen nicht stört.

Freddy aus der Schweiz

„Hallo, Cindy,"
die MD reißt mich wieder einmal aus meinen Gedanken.
„Ich hab hier den Freddy für dich. Freddy kommt aus der Schweiz. Genaueres weiß ich nicht. Er sucht eine 20- bis 30-jährige Frau. Keine weiteren Angaben."

„Hallo?"
Unverkennbarer Schweizer Dialekt.

„Ja, auch hallo. Wer ist denn da?"
Ich habe ein Lächeln auf meinen Lippen, und ich glaube, ich bringe das auch durch meine Stimme rüber.
„Ich bin der Freddy, und wer bist du?"
„Hi, ich bin Cindy, guten Abend, Freddy."
„Schicker Name, Cindy. Gefällt mir."
„Danke, Freddy. Freddy gefällt mir aber auch."
„Ja, weißt du Cindy, der ist genauso falsch, wie dein Name."
Freddy lacht lausbubenhaft. Er gefällt mir. Solche lustigen Typen wie Freddy machen das Arbeiten hier auf der Line ein bisschen angenehmer.

„Was suchst du denn hier, Freddy?"

frage ich ihn verschmitzt.

„Andere Frage, Cindy. Was suchst du denn hier?"

„Ich habe zuerst gefragt, Freddy."

„Na gut, Cindy. Ich suche vielleicht dich."

Ich lache auf.

„Und für was suchst du vielleicht mich, Freddy?"

Das Geplänkel mit ihm macht mir Spaß. Er klingt so jung und unbekümmert.

„Um Spaß zu haben, Cindy. Viel Spaß."

„Was für einen Spaß willst du denn mit mir haben, Freddy?"

Er lacht laut auf.

„Du weißt schon, welchen Spaß ich meine, Cindy."

Ganz unschuldig frage ich:

„Nein, Freddy. Das weiß ich wirklich nicht. Willst du mit mir Schach spielen oder sollen wir Golf spielen? Oder vielleicht einen Segeltörn machen? All das würde mir viel Spaß bereiten."

Wieder lacht Freddy laut auf.

„Du gefällst mir, Cindy. Du gefällst mir wirklich."

„Du mir auch, Freddy. Wirklich, du gefällst mir. Wie siehst du denn überhaupt aus? Genau so toll, wie du dich hier am Telefon anhörst, Freddy?"

Jetzt habe ich meiner Stimme diese verführerische, kokette Nuance gegeben, auf die die meisten Männer so abfahren.

„Ja, das weiß ich nicht, Cindy."
Er ist etwas verlegen.
„Dann beschreib dich doch einfach mal, Freddy, und dann sage ich dir, ob du so toll aussiehst, wie ich mir dich gerade vorstelle."
(Was für ein Deutsch. Aber so habe ich es wirklich gerade zu ihm gesagt.)

„Also, ich bin 1,80 cm groß und wiege circa 90 Kilo."
Ich unterbreche ihn mit einem Jubelruf:
„Oh, Freddy, 90 kg? Das ist ja toll! Das bedeutet, dass du nicht so rappeldürr bist, wie so manche anderen Jungs, die ich kenne. Das mag ich nicht. Ich stehe auf kräftige Männer."

Hörbar geschmeichelt und bestärkt, beschreibt Freddy sich weiter:
„Blonde Haare habe ich. Die sind ganz kurz."
„Und deine Augen?"
(Dass die Männer immer vergessen, ihre Augen zu beschreiben!)
„Ja, ich glaube, die sind so grau, ja grau/grün, glaube ich. Ich weiß nicht so genau."
„Wie, du weißt nicht so genau, Freddy?"

„Ja, ich schau mir halt nicht selber rein."
Wir lachen beide.

„Hast du einen Spiegel in der Nähe?"
frage ich ihn.
„Wozu das denn? Wieso fragst du, ob ich einen Spiegel in der Nähe habe, Cindy?"
„Damit du hinein schauen kannst, um mir zu sagen, welche Farbe deine Augen haben, Freddy."
(Ich versuche Zeit zu schinden, denn er ist nett, im Gegensatz zu vielen Anderen auf dieser Line.)
„Warte mal, Cindy, ich geh nur kurz ins Bad und schau in den Spiegel. Bitte nicht aufhängen, Cindy, du gefällst mir."
„Nein, nein, Freddy, ich bleib hier und warte auf dich."
Schon nach kurzer Zeit ist Freddy zurück.
„Sie sind grün, hellgrün mit grau. Weißt du, Cindy, dass das das erste Mal war, dass ich mir so genau in meine Augen geschaut habe?"
Er lacht laut auf.
„Stell dir einfach vor, dass *ich* das gewesen bin."
„Das sagst du mir jetzt? Warum hast du mir das nicht vorher gesagt? Dann hätte ich noch ein bisschen länger hinein geschaut."
Freddy spielt den Entrüsteten, und dann lachen wir beide.

„Und wie alt bist du, Freddy?"

„Wie alt schätzt du mich denn, Cindy?"

„So Anfang 20? Ja, so Anfang 20 würde ich sagen. Stimmt es?"

„Ja, Cindy. Stimmt. Ich werde heuer 23."

„Und wann hast du Geburtstag, Freddy?"

(Auch bei Freddy gilt: Zeit schinden, Zeit schinden, Zeit schinden. Egal wie nett er ist.)

Es dauert noch ein bisschen. Erst im September."

„Dann bist du ja eine Jungfrau?"

Wir lachen wieder beide.

„Ja, von den Sternzeichen her bin ich das. Das stimmt."

„Nur von den Sternzeichen her?"

hake ich schelmisch nach.

Und wieder ein herzhaftes Lachen. Nach all den vielen, zum Teil demütigenden und primitiven Gesprächen, tut mir dieses Erfrischende hier mit Freddy richtig gut.

„Das sag ich dir nicht. Erst will ich wissen, wie du ausschaust, Cindy."

Also, Freddy, ich bin 1,68 cm und habe lange, so richtig lange, dunkle Haare mit etwas hellen Strähnchen drin. Ich wiege 50 kg. Möchtest du sonst noch etwas von mir wissen, Freddy?"

„Ja, natürlich. Welche Augenfarbe hast du denn?"

„Braune, Freddy."

„Das gefällt mir, Cindy. Das gefällt mir gut. Passt genau zu deiner Stimme. Die gefällt mir nämlich auch."

„Danke, Freddy."

Ich gebe mich jetzt etwas beschämt, was ihm sehr gut gefällt und bei den meisten Männern immer gut ankommt.

„Bist du eigentlich solo oder bist du vergeben?"

Freddy ist auf einmal ganz ernst.

„Ich bin zurzeit solo, Freddy, und du? Bist du schon vergeben?"

„Nein, Cindy,"

kommt es erleichtert durch das Telefon,

„ich bin zurzeit nicht vergeben. Habe mich letzte Woche von meiner Freundin getrennt. War besser so."

„Ja, Freddy, Ich bin auch solo. Ich habe mich vor drei Monaten von meinem Freund getrennt. Zuerst war es sehr schlimm, aber jetzt bin ich froh, dass es aus ist."

Meine Stimme klingt jetzt sehr nachdenklich und traurig.

„Ich auch. Ich meine, ich will damit sagen, dass ich froh bin, dass es zwischen mir und meiner

Freundin auch aus ist. Zum Schluss war es nicht mehr schön."
Auch Freddys Stimme hat sich etwas verändert. Ist etwas ernster geworden.

„Wie alt bist du eigentlich, Cindy?"
„Jetzt bist du an der Reihe zu schätzen, Freddy."
Wir fangen wieder an zu albern.
„Ja, dann frag ich dich erst noch was anderes, okay?"
„Okay, Freddy, frag."
„Hast du schon einen Führerschein, Cindy?"
„Wieso willst du das denn wissen, Freddy?"
frage ich perplex zurück.
„Na, dann würde ich doch wissen, dass du schon 18 bist."
„Wie meinst du, schon 18 bist? Was meinst du damit?"
„Ja, du hörst dich halt so jung an, Cindy. Also, hast du jetzt einen Führerschein oder nicht?"
„Ja, Freddy, einen Führerschein habe ich und ein kleines Auto auch."
Ein kluger Junge scheint dieser Freddy zu sein.

Er überlegt, und ich kann nicht glauben, dass dieser nette Junge mir wirklich abnimmt, dass ich, mit meinen fast 60 Jahren, erst Anfang 20 sein soll.

„Na, ich würde mal sagen, dann wirst du dieses Jahr 20. Stimmt es?"

„Du bist nahe dran, Freddy. Ich werde dieses Jahr 21. Bin ich dir jetzt zu alt?"

„Nein, Cindy, nein. 21 ist genau richtig für mich." (Der Arme, wenn er wüsste, dass ich seine Oma sein könnte!)

„Darf ich dir etwas sagen, Cindy?"

„Ja, natürlich. Sag schon."

„Du gefällst mir, Cindy. Du bist genau mein Typ. Dunkle, lange Haare und braune Augen. Dann deine Stimme. Die macht mich ganz wusselig."

„Die macht dich was, Freddy?"

„Na, wusselig halt."

„Was ist das denn, Freddy? Wusselig. Hab ich ja noch nie gehört."

„Na,"
er stottert etwas herum.

„Na, die macht mich halt so, dass ich dich jetzt am liebsten in den Arm nehmen würde, um dich zu küssen."

„Zungenkuss etwa?"
frage ich schelmisch nach.

Sein Atem wird schneller.

„Ja, wenn du das willst, Cindy, dann auch mit Zunge. Ganz tief rein und ganz lange."

Er ist nicht mehr der nette Junge, mit dem ich rumgealbert habe. Er ist jetzt ein Mann, der scharf auf mich und meinen Körper ist. Ein junger Mann, dessen aufkeimende Geilheit deutlich in seiner Stimme zu erkennen ist.

Schade, dass die meisten Gespräche immer beim Sex enden. Aber was erwarte ich denn anderes auf dieser Line? Etwa politische oder tiefenpsychologische Gespräche?

Politische Gespräche sind ja sowieso verboten, fällt mir gerade ein.

„Ja, Freddy, hauche ich zurück. Das stelle ich mir toll vor. Ich liege in deinen Armen, du hältst mich fest und wir küssen uns, bis wir beide keine Luft mehr bekommen."
Sein Atem wird heftiger.
„Auf was stehst du denn, Cindy?"
„Du meinst beim Sex, Freddy?"
(Wie immer, Zeit schinden)
„Ja, natürlich beim Sex, Cindy."
Er keucht. Er ist erregt. Ich kann es durch das Telefon spüren.
„Auf was stehst du denn, Freddy?"
flüstere ich zärtlich.
„Nein, nein, erst du Cindy. Erst du. Ich habe zuerst gefragt."

„Na gut, Freddy, ich habe eine ganz besondere Vorliebe. Und wenn du mir die erfüllst, bekommst du von mir anschließend alles, was du willst. Alles, Freddy."

„Und was ist deine Vorliebe, Cindy?"
stöhnt Freddy laut.
„Ja, nun, weißt du, Freddy, "
ich mache auf beschämt und drehe und winde mich ein bisschen vor der Antwort (Zeit schinden).
„Okay, Freddy, ich sag's dir. Du, Freddy, ich stehe total of Sperma. Und wenn du mir deine erste Ladung davon in den Mund spritzt und ich sie auch noch schlucken darf, mache ich dir anschließend alles, was du willst. Alles, Freddy. Das verspreche ich dir. Ich bin ganz ausgehungert danach."

Laut seufzt er auf, und ich höre dann nur noch, wie Freddy einen dumpfen Schrei ausstößt. Etwas in seiner Umgebung fällt um, und dann ist das Gespräch mit Freddy vorbei.

Mit Spermaschlucken kriegst du alle Männer klein, stelle ich immer und immer wieder fest.

Deshalb ist das meine Masche bei dieser Arbeit. Am Telefon kann man viel schlucken. Am Telefon kann man *alles* schlucken. Aber *nur* am Telefon!

Danke, Freddy. Das Gespräch mit dir war teilweise sehr erheiternd und aufmunternd. Außerdem waren es immerhin 28 Minuten, die mir 3,36 Euro in meine Kasse bringen.

Und dich mindestens 100 Euro kosten (für die Schweizer ist es teurer).

Namenlos aus ‚Hat-Er-Nicht-Gesagt'

„Hallo, Cindy,"
die MD.
„Ich hab hier Einen, der seinen Namen nicht sagt. Scheint ein unangenehmer Zeitgenosse zu sein. Nimmst du ihn?"
„Ok, MD. Gib ihn mir."

Ich habe ja keine Ahnung was jetzt auf mich zukommt. Daher begrüße ich ihn wie immer mit einem erotisch angehauchten, freundlichem:
„Hallo, wer ist denn da?"
„Halt dein Maul, du Nutte!"
herrscht er ins Telefon.
„Reiß dein Maul lieber auf. So weit, wie du kannst. Ich werde dir jetzt meinen Schwanz rein rammen, bis in deinen Hals, hast du mich verstanden, du alte Hure?"

In mir wehrt sich alles. Nein, so nicht. Das kann und will ich mir nicht bieten lassen. Aber was soll ich machen? Auflegen darf ich nicht, und wegdrücken kann ich ihn auch nicht.

„Hast du nicht gehört, du alte Sau?"
schreit er wieder ins Telefon.

„Du sollst dein Maul aufmachen! Los, mach schon, du dreckige Nutte!"

Ich gebe einen erschrockenen Laut von mir.

„Gut, und jetzt wirst du meinen Schwanz lutschen, hast du gehört, du alte Sau, du Nutte?"

Wieder gebe ich nur einen entsetzten Ton von mir.

„So, und jetzt ramme ich ihn dir rein, und du wirst ihn schlucken. Hast du gehört? Ich spritze dir den Hals voll, und du wirst alles schlucken. Hast du gehört, du Saunutte?"

Von mir nur wieder ein undefinierbarer Ton, den er aber scheinbar als Zustimmung auffasst.

„Ich ramme dir jetzt die ganzen 26 Zentimeter in den Hals, du altes Miststück!"

Trotz allem muss ich jetzt vor mich hin lächeln. 26 Zentimeter will er mir in den Hals rammen. Na ja, wenn er meint. Es nimmt der ganzen Sache für mich jetzt das Unangenehme. Er ist nur noch lächerlich, 26 cm, und ich kann jetzt besser auf ihn eingehen.

„Lutsch ihn, los, lutsch ihn, du Hure! Und denk dran, er steckt ganz tief in deinem Hals."

Also gebe ich jetzt würgende Töne von mir, so, als ob ich wirklich etwas tief im Hals stecken habe. Dabei muss ich aufpassen, sonst fange ich an, mich zu übergeben.

Er fängt an zu stöhnen, lauter und immer lauter, bis er anfängt, laut zu schreien.

„Schluck es, los, du Nutte, schluck es!"

Noch ein lauter Schrei von ihm.

„Schluck den Rest von ihm auch noch. Wehe, du lässt etwas daneben laufen, du alte Sau!"

Also würge und schlucke und würge und schlucke ich, bis er langsam ruhiger atmet.

Aber er ist noch nicht fertig. Das ist erst der Anfang.

„So, du alte Dreckshure. Und jetzt machen wir weiter. Jetzt reiß ich dir den Arsch auf! Nur damit du weißt, Hure, mein Schwanz ist nicht nur 26 cm lang. Nein. Er ist auch 8 cm dick, und den ramme ich dir jetzt in deinen Arsch, bis zum Ende. Hast du gehört, du dreckige Sau?"

Ich muss trotz allem vor mich hin schmunzeln, denn ich stelle mir gerade vor, dass sein kleiner Pipimann vielleicht mal gerade so seine acht cm in der Länge hat und vielleicht zwei bis höchstens drei Zentimeter dick ist. Vielleicht hat ihn ja einmal eine Frau, oder mehrere, damit gehänselt und aufgezogen und er deshalb meint, seine Demütigung darüber, an uns auszulassen.

Na gut. Mal sehen, wie es weiter geht. Ich muss nur daran denken, dass ich an ihm verdiene und die ganze Sache ist leichter zu ertragen.

„Bück dich, du Nutte, "
schreit er ins Telefon.
„Los, bück dich! Ich werde ihn jetzt in deinen Arsch rammen, so weit, bis er ganz drin ist. Hast du mich verstanden, du alte Sau?"

Ich spiele sein Spiel weiter mit und versuche dabei, noch mehr Zeit zu schinden.
„Ich trage aber noch ein Höschen. Soll ich das nicht vorher ausziehen?"
frage ich zaghaft.
„Natürlich, du Nutte. Zieh es aus. Nein. Reiß es dir herunter. Ich will hören, wie du es zerreißt. Los, mach schon du alte Sau!"
Ich gebe ein paar harte Atemzüge von mir, so, als ob ich wirklich versuche, meine Unterhose zu zerreißen.
„Es geht nicht",
klage ich.
„Ich bekomme sie nicht kaputt."
„Dann zieh sie endlich aus, du alte Sau!"
Wie kann man nur in so einer Lautstärke ein Gespräch führen, wundere ich mich.

„Okay, mein Höschen ist jetzt aus",
flöte ich dabei ins Telefon.

„Dann bück dich endlich, du schmutzige, alte Hure, los bück ich und mach deine Beine breit! Ich werde dir jetzt die 26 Zentimeter in deinen Arsch rein rammen."

„Aber das tut doch weh?"
jammere ich.

„Kannst du ihn vorher nicht mit Gleitcreme einreiben, bitte?"

„Das würde dir so gefallen, du alte Sau. Natürlich creme ich ihn vorher nicht ein. Es soll dir ja weh tun! Und wenn ich mit deinem Arsch fertig bin, stoße ich ihn in deine Möse, bis du um Gnade bettelst. Und kurz bevor ich abspritze, ramme ich ihn dir wieder in dein Maul, damit du ihn schluckst. Und wenn du alles geschluckt hast, wirst du ihn sauber lecken, hat du mich verstanden, du alte Sau?"

„Ja, ich habe alles verstanden, ich werde alles schlucken und ihn anschließend sauber lecken."

Mir läuft eine Gänsehaut über den Rücken. Hoffentlich tut er das nie wirklich einer Frau an, hoffentlich belässt er es bei Frauen, wie mir, nur am Telefon.

„Und wenn du ihn nicht sauber genug leckst und ich noch ein Stückchen Scheiße von dir daran entdecke, dann werde ich dir deinen Hintern so lange durchficken, bis du eine Woche nicht mehr sitzen kannst. Hast du mich gehört, du alte Nutte?"

„Ja, ich habe dich gehört. Und ich werde dir deinen Schwanz ganz sauber lecken, das verspreche ich dir."

Ich flüstere ganz leise, aber er hat es verstanden. Warum mache ich das? Warum erlaube ich ihm, so mit mir umzugehen?

„So, und nun fang an zu schreien. Schreien sollst du! Hast du gehört? Schreien! Ich will dich schreien hören!"

Seine Stimme überschlägt sich fast.

Nein. Das reicht. Es ist mittlerweile 02.20 am frühen Morgen und ich werde auf keinen Fall jetzt hier rumschreien und damit vielleicht meine Vermieter, die direkt über mir schlafen, damit wecken. Nein. Hier ist Schluss!

Wir dürfen zwar nicht auflegen, aber wir dürfen ruhig sein. Das bedeutet, wir geben einfach keine Antwort mehr. Und das mache ich jetzt. Soll er so viel ins Telefon schreien, wie er will. Ich bleibe ganz still, so, als ob ich nicht mehr da bin und versuche dabei, so flach zu atmen, wie mir nur möglich ist.

„Ich habe gesagt, du sollst schreien. Hast du gehört? Gib mir deinen Arsch und fange endlich an zu schreien!"

„Hallo?"

„Hey, du alte Sau, was ist los? „Hallo? Hallo? Du bist noch dran, dreckige alte Hure. Ich höre dich doch atmen. Los, sag schon was!"

Er wartet einen Moment. Ich merke, wie verblüfft er ist.

„Hallo, hallo? Bist du noch dran? Sag was. Los, Nutte, sag endlich was. Schreie. Los, fang an zu schreien. Sofort du alte Sau!"

Aber ich bleibe still.

Aber so schnell gibt er nicht auf.

„Du Sau, bist du noch da?

Ich bleibe still,

„Hallo, du dreckige Nutte, sag was. Los, sag was! Schreien sollst du, hast du gehört du alte Sau, schrei!"

Aber ich bleibe still.

Dann drückt er die Null. Aber nicht so einfach Null und fertig. Nein, er hält die Null auf seinem Telefon gedrückt, was bedeutet, dass in meinem Ohr ein furchtbarer heller und lauter, seltsam greller, markerschütternder Ton zu hören ist.

Schnell ziehe ich meinen Ohrstecker aus dem Ohr und halte ihn entfernt von meinem Kopf und selbst dann noch, kann ich diesen schmerzhaften Ton hören.

Er weiß genau, wie man uns Frauen quälen kann.

Aber dann ist es endlich vorbei.

Schade, er hat dir die Null gegeben, höre ich die Standardansage, die immer dann kommt, nachdem ein Kunde die Null gedrückt hat. Bevor die MD mir einen anderen Mann zuteilt, hänge ich schnell auf und beende meine Arbeit auf der Line für heute.

Knapp 20 Minuten hat er mich gedemütigt und gequält.

Jetzt ist eine Kollegin von mir an der Reihe. Ich hoffe, sie ist gleich von Anfang an still.

Es fällt mir heute Morgen schwer, einzuschlafen. Diese Stimme verfolgt mich noch eine geraume Zeit.

Ich hoffe nur, dass ich nicht von ihm träumen werde. Das ist er nicht wert. Kein Mann, wie er, ist es wert, dass eine Frau auch nur einen Gedanken an ihn verschwendet.

Das ist jedoch leichter gesagt als getan.

Hugo aus der Nähe von Kassel

„Hallo, Cindy,"
die MD unterbricht mal wieder mein Kreuzworträtsel.
„Ich hab den Hugo hier. Der kommt aus der Nähe
von Kassel und hat dich gerade im Fernsehen
gesehen."

Natürlich hat Hugo nicht *mich* im Fernsehen
gesehen, sondern eine attraktive, junge Frau. Da
ich dieses Programm, in dem Hugo *mich* gerade
gesehen hat, selber nicht empfangen kann, und
ich auch nicht wirklich Interesse hege, mir solche
Sendungen selbst anzuschauen, weiß ich auch
nicht genau, was Hugo gesehen hat. Das sind
zumeist schwierige Gespräche. Aber natürlich
muss ich es versuchen.

„Also, Cindy. Du bist circa 22 Jahre alt. Hast
lange, blonde Haare, dicke Titten und er fährt voll
auf deinen Arsch ab. Ach ja. Du bist die Jenny.
Viel Spaß."
Die MD hat gut reden!

„Hallo, wer ist denn da? Guten Abend,"
beginne ich eher gelangweilt das Gespräch.

Eine sehr alte und etwas zittrige Stimme antwortet:

„Ja, hallo. Ich bin der Hugo. Bist du die Jenny aus dem Fernsehen?"

„Ja, Hugo. Ich bin die Jenny aus dem Fernsehen. Hast du mich gesehen?"

„Bist du das wirklich, Jenny?"

fragt er ungläubig.

„Die gerade mit ihrem gelben String-Tanga da im Fernsehen war. Bist du das wirklich?"

Gut, dass er mir sagt, was ich anhabe. Das macht die Sache schon leichter für mich.

„Ja, Hugo. Die mit dem gelben String-Tanga, die Jenny. Das bin ich. Hab ich dir nicht gefallen, Hugo?"

Ich gebe meiner Stimme einen leicht gekränkten Ton.

„Doch, doch Jenny. Du hast mir sogar gut gefallen."

Hugo lacht glücklich, dass er endlich mal mit seiner Jenny sprechen darf.

„Mensch, Jenny. Ich kann das gar nicht glauben! Kannst du mal kurz in die Kamera winken? Bitte, Jenny."

„Hugo, das geht jetzt im Moment leider nicht. Ich bin ein einem Ruhezimmer hinter dem Studio. Jetzt ist eine Kollegin von mir dran, und solange darf ich nicht vor die Kamera. Ach, Hugo, das tut mir jetzt aber leid."

Ich klinge sehr traurig.

„Jenny, jetzt habe ich dich fast jeden Abend im Fernsehen gesehen und hatte nie den Mut, dich anzurufen. Und heute Abend hast du die ganze Zeit so schön mit deinem Hintern vor der Kamera hin und her gewackelt, aber immer, wenn ich mit meinem Schwänzchen fast zwischen deinen schönen Arschbäckchen war, hast du den Popo wieder weg gezogen. Mein Schwänzchen war immer hinter deinem Poppes her, aber es hat ihn nicht gekriegt.

„Hinter meinem was, her, Hugo? Poppes?. Was ist das denn, Hugo?"

Natürlich weiß ich, was er mit Poppes meint, aber ich muss, wie immer, auf alle Fälle Zeit schinden. Auch bei einem so netten, älteren Herrn wie Hugo es ist.

„Ja, Jenny. Ich meine deinen süßen Arsch. Bei uns heißt der Poppes."

Er kichert etwas verschämt.

„Ich darf doch Arsch sagen, oder bist du dann böse mit mir, Jenny?"

„Aber natürlich darfst du Arsch sagen, Hugo", versichere ich ihm sanft.

„Jemand, der so lieb ist, wie du, der darf das sagen. Obwohl, Poppes gefällt mir auch sehr gut."

Hugo atmet hörbar tief durch. Ich glaube, ich habe ihm gerade sehr gut getan.

Aufgeregt fährt er fort:

„Und dann hast du angefangen, deinen String-Tanga auf die Seite zu ziehen. Weißt du noch?"

„Aber natürlich, Hugo. Und ich habe mich extra tief dabei gebückt, hast du das gesehen?"

„Ja, und da war ich mit meinem Schwänzchen ganz fest dran."

Die Stimme von Hugo ist jetzt sehr aufgeregt.

„Ganz fest dran?"

frage ich etwas belustigt.

„Ja, ja, auf dem Fernsehen. Aber du wackelst ja immer so hin und her. Da kommt mein Schwänzchen nicht nach. Du musst das mal langsamer machen, hast du gehört, Jenny?"

„Aber natürlich, Hugo. Du musst mir nur sagen, wie ich es das nächste Mal machen soll. Ich weiß ja nicht, wie es für dich am besten ist. Wenn du mir sagst, dass ich mal still halten soll und meinen Poppes nur vor die Kamera halten soll, dann mache ich es. Aber nur für dich, Hugo. Damit du das weißt."

Hugo gluckst glückselig in das Telefon.

Ich stelle mir gerade vor, wie er mit herunter gezogener Hose vor seinem Fernseher steht, und sein ‚Schwänzchen', wie er es nennt, verzweifelt versucht, auf dem Bildschirm zwischen die Pobacken, die er vor sich sieht, zu gelangen. Wie muss sein Fernsehgerät aussehen? Igitt!!

Deshalb frage ich vorsichtig nach.
„Gefällt es deinem Schwänzchen, wenn er meinen Poppes sieht, Hugo?"
O ja,. Jenny. Dann wird er ganz wild, Jenny."
„Wild?" Wie ist er denn, wenn er wild ist, Hugo?"
„Ja, Jenny, dann wird er ganz hart und steif und es juckt ihn."
„Es juckt ihn; Hugo? Wo juckt es denn in deinem Schwänzchen? Das habe ich ja noch nie gehört, dass ein Schwänzchen juckt."
„Ganz oben, die Spitze von meinem Schwänzchen, die juckt und dann, dann will er am liebsten ...."
Hugo verschluckt sich und fängt an zu husten.

„Und was will er dann am liebsten, Hugo?"
„Ja, du fragst aber, Jenny. Am liebsten will er dann zwischen die süßen Bäckchen von deinem Poppes und in das kleine, dunkle Loch dazwischen."
„Aber Hugo!"

antworte ich entrüstet.
„Du bist mir aber einer!"
Hugo gluckst verschämt ins Telefon.
„Er ist auch schon ganz schön feucht, Jenny."

Ich denke mit Schrecken an den Zustand des Bildschirms seines Fernsehers und frage mich, wer bei ihm zu Hause wohl putzt.

„Aber weißt du, Jenny"
fährt die zittrige, alte, aber liebenswerte Stimme von Hugo fort.
„Was ich nicht verstehe, Jenny. Gerade, als du mal nicht mehr gewackelt hast und so schön langsam den Tanga zwischen deinen Pobäckchen auf die Seite am ziehen warst und mein Schwänzchen es schon kaum noch ausgehalten hat, da haben sie einfach deine Telefonnummer darüber gemacht und ich habe nichts mehr gesehen."

Ich muss an mich halten, um nicht los zu lachen. Hugo ist einfach zu süß in seiner Naivität.

„Ja, und was hast du da gemacht, Hugo?"
frage ich mitleidig.
„Nun, da habe ich mich in meinen Sessel gesetzt und gewartet. Mit meinem Schwänzchen hab ich auch gespielt, damit er noch hart ist, wenn sie

deinen Poppes wieder zeigen. Ohne die blöde Telefonnummer natürlich."

„Auf was hast du gewartet, Hugo?"

(Zeit schinden, Zeit schinden!)

„Na, dass die die Nummer wieder weg machen, na du weißt schon, die Telefonnummer von dir und dass ich wieder dein kleines Popoloch sehen kann und dass mein Schwänzchen darauf abspritzen kann."

„Auf mein kleines Popoloch willst du abspritzen, Hugo? Eben hast du doch gesagt, du willst in mein kleines Popoloch spritzen."

frage ich nach.

„Aber Jenny, natürlich würde ich am liebsten in dein kleines Popoloch spritzen, aber so geht das doch nicht. So spritze ich doch nur auf den Fernseher, aber ich stelle mir halt vor, dass ich in das kleine dunkle Loch von deinem süßen Poppes direkt hinein spritze."

Hugo seufzt laut.

„Aber es macht deinem kleinen Schwänzchen auch Spaß, nur auf mein Popoloch zu spritzen?"

„Ja"

kommt es aus dem tiefsten Inneren heraus von Hugo zurück.

„Aber nicht nur auf dein kleines Popoloch, Jenny, nein, am liebsten würde ich in dein Popoloch spritzen. Aber das geht ja leider nicht."

„Und warum geht das nicht, Hugo?"

(Zeit schinden!)

„Ja, erstens, weil du im Fernsehen bist und ich davor und zweitens, weil die blöde Nummer immer davor ist, deshalb geht das nicht, verstehst du das nicht?"

„Doch, doch Hugo, jetzt verstehe ich es."

„Ja, Jenny, die Nummer von dir ist einfach nicht weggegangen. Die war genau drauf."

„Und was hast du dann gemacht, Hugo?"

„Das siehst du doch jetzt, Jenny. Dann hab ich die Nummer angerufen und nach dir gefragt. Und jetzt bist du ja da. Ich kann das immer noch nicht glauben, Jenny."

„Aber du hörst mich doch. Also kannst du es ruhig glauben, Hugo. Ich bin froh, dass du angerufen hast. Du bist so nett."

Er lacht glücklich. Seiner Stimme nach ist er ein kleiner, alter Mann. Aber sehr liebenswert. Ich möchte nett zu ihm sein. Er hat es verdient.

„Mir macht aber noch was anderes großen Spaß",

kichert Hugo.

„Was denn?"

frage ich schelmisch.

Er druckst ein bisschen herum, und dann platzt es aus ihm heraus.

„Lecken will ich dein kleines Popoloch auch."
„Aber Hugo."

Ich spiele die Entrüstete.

„Du bist aber ein kleiner Schlimmer!"

Wieder lacht er auf.

„Weißt du, Jenny, wenn du gleich wieder ins Studio gehst, so vor die Kameras, dann bück dich doch bitte, ganz tief ja? Hebe deinen süßen Poppes genau vor die Kamera und wackle nicht mehr so hin und her. Glaubst du, dass das klappt?"

fragt Hugo hoffnungsvoll mit aufgeregter Stimme.

„Du meinst also, Hugo, ich soll meinen Popo direkt vor die Kamera strecken?"

„Ja, ja, Jenny, Genauso meine ich das. Aber Jenny, ein wenig musst du dann schon so stehen bleiben. Erst muss ich ja mein Schwänzchen ein bisschen an deinem Poppes reiben. In meinem Alter wird er nicht mehr so schnell steif. Manchmal klappt das auch gar nicht mehr."

Hugo ist jetzt wirklich traurig.

„Hugo, das kriegen wir schon hin",

versichere ich ihm schnell.

„Ich weiß ja jetzt, wie du das gerne magst, und dann mache ich das auch so für dich, ganz bestimmt."

„Ja, und nicht vergessen, Jenny. Lecken will ich dein Popoloch auch ein bisschen. Also streck es schön lange hin, ja?"

„Aber natürlich, Hugo. Und ich werde die ganze Zeit dabei an dich denken."

„Oh, das ist schön, Jenny. Aber Jenny, ich habe noch eine Bitte an dich."

„Was möchtest du noch, Hugo?"

Er antwortet nicht sofort, druckst ein wenig herum und will nicht so recht mit der Sprache hinaus.

„Was soll ich noch für dich tun, Hugo. Komm, keine Angst haben, sag es mir."

„Kannst du deinen süßen Poppes mit deinen Händen auch noch ein bisschen auseinander ziehen, Jenny, damit ich dein dunkles, schwarzes Loch besser sehen kann? Und dann schön lange so stehen bleiben, bitte Jenny? Machst du das für mich Jenny"

Hugo überrascht mich. Er wird ja richtig mutig.

„Und wie lange soll ich dann so stehen bleiben, Hugo, und meine Pobacken für dich auseinander gezogen lassen?"

„Bis ich mein Schwänzchen ganz tief in das dunkle Loch zwischen deinen süßen Pobäckchen geschoben habe und mein Schwänzchen ganz tief hinein gespritzt hat."

„Und dann kann ich mich wieder umdrehen, Hugo, ja?"

„Nein, nein, Jenny. Dann musst du noch warten, bis ich dein süßes Poloch sauber abgeleckt habe, dann Jenny, dann erst darfst du dich umdrehen."

Hugo klingt sehr erregt.

Im Moment denke ich nur an den Bildschirm seines Fernsehers. Erst drückt er sein feuchtes Schwänzchen dagegen und dann leckt er ihn anschließend ab. Na, ja. Mal sehen, ob ich im Laufe des Gesprächs rauskriegen kann, wer bei ihm sauber macht.

„Und wann gehst du wieder in das Studio, Jenny?"

Hugo kann es kaum noch erwarten, seine Stimme zittert.

„Ja, Hugo, im Moment weiß ich das nicht so genau. Jetzt ist ja meine Kollegin dran. Gefällt die dir nicht, Hugo?"

„Warte, Jenny, dann muss ich den Fernsehapparat wieder anmachen. Den habe ich nämlich ausgemacht, als ich deine Stimme am Telefon gehört habe. Warte mal gerade, Jenny. Ich muss den Hörer mal kurz hinlegen. Bitte, häng nicht auf, Jenny."

Ach Hugo, denke ich. Natürlich hänge ich nicht auf. Du bringst mir doch schönes Geld, und mit dir zu reden macht richtig Spaß. Schade, dass ich dich so belügen und betrügen muss, lieber, alter Hugo, aber ich brauche das Geld wirklich. Hoffentlich kommt er durch mich nicht in finanzielle Schwierigkeiten, überlege ich weiter. Und hoffentlich sieht er jetzt nicht ‚mich, die Jenny', im Fernsehen.

Hugo scheint nicht einmal zu ahnen, wie viel ihn dieses Telefonat in der Minute kostet, sonst würde er sich bestimmt nicht so viel Zeit nehmen, den Fernseher einzuschalten. Ich höre ihn im Hintergrund und frage mich, was er noch macht, denn es dauert eine Zeitlang, bis er den Hörer wieder aufnimmt.

„Hallo, Jenny, bist du noch da?"
„Natürlich, Hugo, ich habe auf dich gewartet. Siehst du meine Kollegin?"
Was mache ich, wenn ‚ich' jetzt zu sehen bin? Wenn er ‚mich' sieht? Ich meine, wenn die Jenny wieder vor der Kamera steht?
„Ja, Jenny, jetzt sehe ich sie."

Gott sei Dank, ‚ich' bin es nicht.

„Und, Hugo, sieht sie so nett aus wie ich?"
„Nein, Jenny, nein, nein. So einen hübschen Poppes wie du einen hast, hat die, die jetzt im Fernsehen ist, nicht."
Hugo seufzt auf.
„Ach, Jenny, deiner ist der schönste Poppes. Mein Schwänzchen will so gerne in deinen Poppes, ach Jenny, kannst du nicht ganz einfach zu mir kommen? Das wäre doch am schönsten und dann könnte ich dich da lecken und mein Schwänzchen da rein stecken und wieder lecken und ..."

Langsam ermüdet mich das Gespräch. Hugo ist zwar nett, und er bringt mir auch die Minuten, die ich brauche, aber ich weiß nicht mehr, was ich noch sagen soll, damit er nicht aufhängt. Mittlerweile unterhalte ich mich schon über 20 Minuten mit ihm. Aber plötzlich ist Hugo still und ich höre nur den Fernseher im Hintergrund.

„Du, Hugo,"
versuche ich krampfhaft mich weiter mit ihm zu unterhalten. Aber es kommt keine Antwort. Noch einmal versuche ich es.
„Hugo, hallo, Hugo?"
Keine Antwort. Ich höre ganz intensiv in meinen Hörer und frage mich, ob etwas mit Hugo passiert ist.

„Hugo? Hugo, bist du noch da?"

Und dann höre ich ein leichtes Schnarchen. Es scheint, dass Hugo eingeschlafen ist.

„Hugo? Hallo?"

Jetzt flüstere ich seinen Namen. Sollte er wirklich eingeschlafen sein, dann wäre das der reinste Glücksfall. Denn seine Minuten laufen ja weiter. Erst nach einer Stunde wird seine Verbindung getrennt, und auflegen darf ich ja nicht.

Das Schnarchen wird jetzt lauter und regelmäßiger. Hugo ist wirklich eingeschlafen. So gemein es klingt, aber Kunden wie Hugo bringen das leichteste Geld. Leider gibt es sie sehr selten. Und obwohl ich Hugo gegenüber ein schlechtes, ein sehr schlechtes Gewissen habe, höre ich weitere 27 Minuten seinem Schnarchen zu, bevor wir getrennt werden. Denn hätte ich aufgelegt, wäre das Gespräch für Hugo nicht beendet gewesen. Im Gegenteil, es wäre an eine Kollegin von mir weitergeleitet worden und wenn es eine erfahrene Kollegin gewesen wäre, hätte sie sofort gemerkt, dass der Mann am anderen Ende schläft und dann hätte sie gewartet, bis die Telekom nach einer Stunde das Gespräch beendet hätte.

Ich kam gar nicht dazu ihn zu fragen, wer bei ihm sauber macht.

Gute Nacht, Hugo. Schlafe gut und träume von Jenny. Hoffentlich gibt es kein böses Erwachen, wenn du die Telefonrechnung bekommst.

Kapitel 6

Es ist, als ob ich bestraft werde dafür, dass ich Männern wie Hugo etwas vormache. Heute müsste eigentlich das Geld von der ARGE auf meinem Konto sein, ist es aber nicht. Ein Anruf bei der Mitarbeiterin der ARGE ergab, dass sie einfach meine Zahlungen eingestellt hatte mit der Begründung, ich hätte ja jetzt Arbeit.

Dass es ein Minijob ist, interessiert die Dame überhaupt nicht. Ich bin verzweifelt, denn ich benötige die Zahlungen des Amtes. Erst nächsten Monat wird eine Bezahlung durch die Firma der Flirtline erfolgen.

Kalt sagte die Dame des Arbeitsamtes zu mir:
„Dann kommen Sie doch vorbei und holen sich einen Scheck ab."
„Aber ich habe kein Benzin mehr im Tank, und ich habe kein Geld mehr",
rief ich verzweifelt ins Telefon. Der Ort, in dem sich die ARGE und diese eiskalte Mitarbeiterin befinden, ist 20 km entfernt von dem Ort, in dem ich wohne.
„Dann kommen Sie doch mit dem Bus",

war die eiskalte Reaktion der Mitarbeiterin der ARGE.

„Ich habe doch gerade gesagt, dass ich kein Geld mehr habe. Wie soll ich denn mit dem Bus zu Ihnen kommen?"

Ich war den Tränen nahe.

„Dann lassen Sie sich doch bringen. Wo ist denn das Problem?"

Niemals in meinem ganzen Leben werde ich die eiskalte Stimme dieser Person vergessen. Ich hatte, als ich meinen Nebenjob bei der ARGE meldete, ausdrücklich darauf hingewiesen, dass es sich um eine kleine Nebentätigkeit handelt und ich noch nicht genau wüsste, wie viel ich verdienen würde. Ich gab an, ungefähr 100 bis 150 Euro. Kein Grund also, die Zahlungen einfach einzustellen.

Aber die Dame des Amtes ließ sich nicht erweichen. So musste ich bis zum 15. des Monates warten, bis sie sich herab ließ, mir das mir zustehende Geld zu überweisen. Die Überziehungszinsen, die sich anhäuften, musste natürlich ich bezahlen.

Vielleicht, so glaube ich noch heute, hatte sie entweder mit ihrem Freund, Vater, Verwandten oder Bekannten schlechte Erfahrung in Sachen

Telefonsex und teure Telefonrechnungen gemacht, um so zu reagieren, wie sie es tat. Anders kann ich mir ihr Verhalten damals und auch später nicht erklären.

Uwe aus der Nähe von Frankfurt

Wieder einmal arbeite ich tagsüber, da ich morgen früh einen Arzttermin habe und daher früh aufstehen muss. Ich wollte eigentlich gerade Schluss machen und mir etwas zum Abendessen kochen, aber da höre ich auch schon die MD in meinem Ohr.

„Cindy. Hier habe ich den Uwe aus der Nähe von Frankfurt, und er sucht eine Sklavin. Warst du nicht schon früher einmal seine Sklavin"?

„Ja, MD, das war ich. Gib ihn mir."

„Guten Tag, mein Herr. Hier ist Ihre Sklavin Cindy. Wie geht es Ihnen, mein Herr?"
Er reagiert verärgert.
„Habe ich dir nicht verboten, Fragen zu stellen, Sklavin?"
„Oh ja, mein Herr. Es tut mir leid, mein Herr, aber ich habe mich so gefreut, Sie zu hören, mein Herr."
„Na gut, Sklavin. Was machst du gerade, Sklavin?"
„Ich sitze auf meiner Couch in meinem Wohnzimmer und lese ein Buch, mein Herr."

„Sklavin,"
er schreit so laut er kann in mein Ohr.

„Sklavin, das nächste Mal, wenn ich nach dir verlange, kniest du dich sofort auf alle Viere auf den Boden. Hast du mich verstanden, Sklavin?"

„Ja, mein Herr, ich habe Sie verstanden, mein Herr. Das nächste Mal, wenn Sie nach mir fragen, werde ich mich sofort auf alle Viere auf den Boden begeben, mein Herr."

Ich bin selbst erstaunt, wie devot und unterwürfig meine Stimme klingt. Das scheint ihn etwas zu beruhigen.

„Na gut, Sklavin. Dieses eine Mal noch sehe ich von Sanktionen ab. Aber das nächste Mal wirst du dafür sofort und ohne Mitleid auf das Härteste bestraft. Das siehst du doch ein, Sklavin, oder? Du weißt, dass du für dein Verhalten eine Strafe verdient hast, nicht wahr, Sklavin?"

„Ja, mein Herr, danke, mein Herr, danke, dass Sie so gütig sind und mir meine verdiente Strafe dieses Mal noch erlassen. Danke, oh danke, mein Herr."

Ich frage mich, was muss wohl in so einem Menschen vor sich gehen. Hat ihn seine Chefin heute eventuell vor der ganzen Belegschaft gedemütigt und er muss nun seine ganze Aggression an mir auslassen? Nun ja, besser an mir, als an seiner Frau, die wahrscheinlich gerade jetzt das Abendessen für ihn vorbereitet. Wahrscheinlich fährt er nach dem Gespräch mit mir beruhigt und gelassen zu seiner Familie und ist dann der beste Ehemann und Vater, den man sich vorstellen kann. Ich hoffe es jedenfalls. Dann hat diese Arbeit auch einen Sinn.

Seine harte Stimme zerrt mich in die Gegenwart zurück.

„Hast du nicht gehört, Sklavin, was ich dich gerade gefragt habe? Was ist los mit dir, Sklavin?"

„Entschuldigen Sie, bitte, Entschuldigung, bitte, bitte entschuldigen Sie, mein Herr, aber hier war gerade so ein Lärm, dass ich Sie nicht gehört habe. Was haben Sie mich gefragt, mein Herr?"

Ich war so in Gedanken gewesen, dass ich wirklich nicht gehört hatte, was er zu mir gesagt hatte. Ich muss mich besser konzentrieren.

„Ich habe dich gefragt, Sklavin, ob du jetzt endlich auf allen Vieren kniest und habe dich außerdem gefragt, was du heute anhast, Sklavin!"

„Ja, mein Herr. Ich knie auf allen Vieren auf dem Boden, und ich trage heute einen kurzen, schwarzen Rock mit einer weißen Bluse, mein Herr."

„Ist das alles, Sklavin? Ist das alles, was du heute anhast, Sklavin?"

Seine Stimme wird wieder lauter und böser.

„Nein, mein Herr. Ich war noch nicht fertig. Ich trage außerdem einen schwarzen Schlüpfer und einen weißen Büstenhalter, mein Herr. Die hochhackigen Schuhe, die ich heute im Büro getragen hatte, habe ich gerade vor Ihrem Anruf ausgezogen, genauso wie die Nylonstrumpfhose, mein Herr."

„Wie kurz ist dein Rock, Sklavin?"

„Es ist ein Minirock, mein Herr. Er ist nicht sehr lang, mein Herr."

„Was heißt, er ist nicht sehr lang? Willst du mich heute extra ärgern? Ich habe dich gefragt, wie kurz er ist und nicht wie lang er ist, Sklavin. Du hast dir jetzt eine Strafe verdient. Eine große Strafe. Das weißt du, Sklavin, nicht wahr?"

Gott sei Dank ist dieser Mann weit weg und nicht hier in meiner Wohnung. Sein Ärger, seine Wut und sein offensichtlicher Jähzorn sind sogar durch das Telefon zu spüren. Mein Gott, er erinnert mich so an meinen geschiedenen Mann. Nur dass mein geschiedener Mann mir in seinem Zorn direkt gegenüber stand und ich mich nicht wehren konnte. Nicht wehren gegen seine primitiven, verbalen Attacken und seine grausamen Prügelattacken.

„Mein Herr, ja ich weiß, ich muss bestraft werden. Ich habe Sie wieder einmal geärgert. Es tut mir so leid, mein Herr, ich habe es nicht absichtlich getan, mein Herr."
Meine Stimme winselt um Gnade, aber das hat schon bei meinem Ex-Ehemann nichts geholfen. Der hat sich auch erst beruhigt, nachdem er mich grün und blau zusammen geschlagen hatte. Aber da darf ich jetzt nicht daran denken, egal wie schwer es mir gerade fällt.

Die Stimme im Telefon beruhigt sich etwas. Mein Winseln um Gnade scheint ihn etwas zu besänftigen.
„Nun gut, Sklavin. Wir verschieben deine Bestrafung auf später. Vielleicht begehst du ja bis dahin noch mehrere Fehler, und dann wird deine Bestrafung noch höher ausfallen."
„Danke, oh danke, mein Herr. Sie sind so gütig, das habe ich gar nicht verdient, mein Herr."

„Hör auf zu winseln, Sklavin, und sage mir endlich, wie kurz dein Rock ist."
„Er ist 40 cm kurz und geht mir bis zur Hälfte meiner Oberschenkel, mein Herr."

Ich lasse meine Stimme dabei zittern. Er soll hören und spüren, dass ich Angst habe.

„Wer hat dir erlaubt, Sklavin, mit so einem kurzen Rock zur Arbeit zu gehen? Wer Sklavin, wer?"

Ich habe das Gefühl, dass mein Trommelfell zerplatzt.

„Niemand, mein Herr, niemand hat es mir erlaubt, mein Herr. Ich habe niemanden um Erlaubnis gebeten, mein Herr."

Er überlegt einen Moment.

„Warum trägst du so kurze Röcke, Sklavin, warum? Willst du damit deine Kollegen aufgeilen? Findest du das fair gegenüber deinen Kollegen, Sklavin?"

Seine Stimme überschlägt sich fast. Ach, daher weht der Wind, denke ich. Vielleicht hat er ja eine Kollegin, die ihn im Büro anmacht, an die er aber nicht rankommt.

„Nein, mein Herr, nein. Ganz bestimmt nicht, mein Herr. Ich trage diese kurzen Röcke, weil sie mir gefallen und weil ich damit meine schöne Figur und meine schönen Beine zeigen kann. Ein bisschen eitel bin ich schon, "
füge ich etwas schüchtern hinzu.

„Wer hat dir erlaubt, eitel zu sein?"
schreit mein Herr ins Telefon.

155

„Jetzt ist aber endgültig Zeit für deine Bestrafung, endgültig!"

„Ja, mein Herr, natürlich, mein Herr. Ich sehe ein, dass Sie mich jetzt bestrafen müssen. Eigentlich ist mein schöner Körper ja nur für Sie da, mein Herr."

„Das fällt dir zu spät ein, Sklavin. Jetzt wirst du bestraft. Stehe auf und gehe in dein Badezimmer, Sklavin."

Ja, mein Herr. Ich stehe jetzt auf und gehe in mein Badezimmer, ja, mein Herr. Ich mache alles, was Sie von mir verlangen, mein Herr, alles."

„Gut, dass du es endlich begreifst, Sklavin. Beeile dich, los, mach ein bisschen schneller, Sklavin!"

Seine Stimme jagt mir einen Gänseschauer über den Rücken. Diesem Menschen möchte ich jetzt nicht wirklich begegnen.

Also erhebe ich mich mühsam und leicht stöhnend (er muss ja glauben, dass ich vom Boden aufstehe) von meiner gemütlichen Couch und gehe in mein Badezimmer. Den Griff der Türe betätige ich extra laut, damit er hört, dass ich seinen Befehlen artig nachkomme.

„Mein Herr, ich bin jetzt im Badezimmer",

hauche ich ängstlich ins Mikrofon meines Telefons.

„Zieh dich aus, aber sofort und schnell! Beeile dich, Sklavin."

„Ganz aus, mein Herr? Soll ich alles ausziehen, mein Herr?"

„Habe ich gesagt du sollst dich halb ausziehen, Sklavin?"

„Nein, mein Herr, nein. Bitte, ich ziehe mich ja schon ganz aus. Ich mache ganz schnell, mein Herr."

Warum mache ich das, warum? Am liebsten würde ich anfangen zu weinen. Dieses hier geht über meine Kräfte, denn immer und immer wieder höre ich in seiner Stimme die grausame Stimme meines Ex-Mannes.

„Bist du noch nicht fertig?"

„Doch, doch, mein Herr, jetzt bin ich fertig."

„Bist du nackt? Ganz nackt, Sklavin?"

„Ja, mein Herr, ich bin nackt. Ich bin jetzt ganz nackt, mein Herr. Was wünschen Sie, mein Herr, was soll ich jetzt machen, mein Herr?"

Plötzlich bin ich ganz ruhig. Er kann mir, im Gegenteil zu meinem ehemaligen Ehemann, doch gar nichts tun. Ich höre ihn doch nur über das Telefon. In Wirklichkeit ist er doch Hunderte von Kilometern weit weg von mir. Ich entspanne mich etwas.

„Schalte deine Dusche an, Sklavin. Sofort, hörst du, Sklavin? Irgendwie bist du heute nicht ganz bei der Sache, Sklavin. Aber dafür wirst du gleich büßen. Los. Schalte endlich die Dusche an! Lass das Wasser laufen! Los Sklavin, ich will es hören!"

„Ja, mein Herr,"
beeile ich mich unterwürfig zu sagen.

„Ja, mein Herr. Ich schalte die Dusche jetzt ein. Das Wasser läuft, mein Herr."

„Drehe die Dusche auf ganz heiß, Sklavin. Hast du mich gehört? Ganz heiß!"

„Ja, mein Herr. Ich drehe die Dusche jetzt auf ganz heiß. Oh, mein Herr, jetzt dampft das Wasser, das aus der Dusche kommt."

Schön, dass er nicht sieht, dass ich nur das kalte Wasser aufgedreht habe und dass es auf keinen Fall in meinem Badezimmer dampft.

„Gut so, meine Sklavin. Genau so soll es sein."
Seine Stimme trieft vor Sadismus.

„Und nun, meine kleine Sklavin, nun gehst du duschen. Sofort, hast du mich verstanden, Sklavin? Geh unter die Dusche!"

Er schreit so laut, dass es in meinem Ohr weh tut.

„Aber mein Herr, dann verbrenne ich mich doch." Ich gebe meiner Stimme einen ängstlichen und panikartigen Klang, während ich gemütlich auf meinem Badewannenrand sitze und zuschaue, wie das kalte Wasser aus meiner Dusche läuft.

„Mein Herr, das geht doch nicht. Das tut doch viel zu weh und das heiße Wasser wird meine schöne Haut verbrennen, mein Herr, bitte. Bitte, das dürfen Sie nicht von mir verlangen, bitte, mein Herr."

Ich schluchze ein wenig.

„Hör sofort auf zu flennen, Sklavin! Das ist etwas, was ich überhaupt nicht leiden kann. Wenn du nicht sofort aufhörst, werde ich dich nach der Dusche noch härter bestrafen, Sklavin. Du weißt, dass du heute eine harte Strafe verdient hast. Also, hör auf zu jammern und geh unter die Dusche. Sofort, Sklavin! Jetzt, Sklavin!"

„Ja, mein Herr, ja, mein Herr. Ich gehe. Ich gehe jetzt in die kochende Dusche."

Meine Stimme versagt mir fast. Wo habe ich das nur gelernt, so mit meiner Stimme zu spielen? Na, ich scheine ein Naturtalent zu sein.

Vielleicht könnte ich ja mit meiner Stimme als Synchronsprecherin arbeiten?

„Wie lange dauert das denn, Sklavin?

„Au, au, au, das tut so weh, au auuuuuuuuuu."

Er legt auf.

Aber ich höre trotzdem eine Stimme. Es ist mein Vermieter an meiner Wohnungstür.
„Ist alles in Ordnung, hallo? Soll ich einen Arzt rufen? Hallo, hallo?"
Er klopft verzweifelt an meine Tür
„Nein, nein. Alles in Ordnung,"
rufe ich ihm zu.
„Alles okay."
„Wirklich?"
kommt es etwas ungläubig von meinem Vermieter zurück.
„Ja, danke. Es ist wirklich alles okay. Du musst keinen Arzt für mich rufen."
Zögerlich entfernt er sich von meiner Wohnungstür.

Wie viel hat er mitbekommen? Was soll ich ihm nur als Ausrede sagen, wenn ich ihm das nächste Mal begegne und wenn er mich fragt, was da los war? Ich muss mir etwas einfallen lassen. Aber nicht jetzt. Jetzt bin ich einfach nur froh, dass dieses Gespräch vorbei ist und ich nicht wirklich unter die heiße Dusche musste.

Zurück im Wohnzimmer stelle ich fest, dass ich vergessen habe, meine Stoppuhr anzustellen und weiß daher noch nicht einmal, wie viel ich mit diesem Gespräch verdient habe.

Ich hoffe, er kommt nie wieder.

Ich hoffe, er findet eine neue Sklavin.

Und ich wünsche mir, dass ich so schnell wie möglich im Lotto gewinne. Dann muss ich diese grausamen Männer nicht mehr anhören, und die Dame des Arbeitsamtes kann sich auch ein anderes Opfer suchen.

Aber um im Lotto gewinnen zu können, müsste ich erst einmal genug Geld haben, um spielen zu können. Ich glaube, hätte ich genug Geld um Lotto spielen zu können, müsste ich ja nicht mehr spielen, denn dann hätte ich ja genug Geld.

Ich weiß, was für eine Logik.

Roman aus der Nähe von Kaiserslautern

„Hallo, Cindy, ich hab da den Roman aus der Nähe von Kaiserlautern. Er ist 34 und sucht eine Frau, die ungefähr so alt ist wie er. Ich wünsche dir viel Spaß."

„Hallo, wer ist denn da?"
„Ja, hallo, ich bin der Roman, und wie heißt du?"
„Ich heiße Cindy, hallo Roman."
„Hi, Cindy. Du hast eine super Stimme, Cindy. "
„Danke, Roman, du hörst dich aber auch toll an. Wie alt bist du denn?"
„Ich bin 34, Cindy, und wie alt bist du?"
„Ich bin 32, Roman."
(So ein schöner Zufall aber auch).

„Und was suchst du hier, Roman?"
(bis jetzt alles so wie fast immer am Anfang eines Gespräches).
„Beschreib dich doch erst mal, Cindy. Wie siehst du denn aus?"
Meine Standardbeschreibung:
„Also, Roman, ich bin 1,68 cm, habe dunkelblonde Haare mit hellen Strähnchen und ich habe dunkelblaue Augen. Möchtest du sonst noch etwas von mir wissen, Roman?"
„Nein, das ist genug. Das gefällt mir."

„Und wie siehst du aus, Roman?"
(Nicht, dass es mich wirklich interessiert, aber ich muss Zeit schinden.)
„Ja, ich bin 1,92 cm"
Ein anerkennendes ,oooooh' von mir unterbricht seine Beschreibung.
Geschmeichelt fährt er fort:
„Bin sportlich"
(wie fast alle, denke ich gerade)
„und habe blonde Haare."
„Und deine Augen, Roman?"
frage ich nach. Warum vergessen Männer immer die Farbe ihrer Augen zu erwähnen?
„Grün-grau."
„Dann siehst du ja so gut aus, wie du dich anhörst",
schmeichle ich ihm.
„Und sagst du mir bitte jetzt, was du hier auf der Line suchst?"
„Dich"
seine kurze Antwort.
„Mich?"
frage ich lachend zurück.
„Für was denn, Roman? Für was brauchst du denn gerade mich? Hast du Hunger, Roman? Soll ich dir etwas Leckeres kochen?"

„Nein, Cindy, danke, das macht meine Mutter. Aber eine andere Frage, Cindy. Hast du gerade Husten?"

‚Gerade Husten?'

überlege ich. Was soll das denn? Aber ich bin ja neugierig.

„Woher weißt du das denn?"

frage ich hörbar überrascht.

Er geht nicht auf meine Frage ein.

„Könntest du mal bitte für mich husten, Cindy? Aber so richtig fest!"

„Ja, Roman, natürlich huste ich für dich. Ich habe schon die ganze Zeit während unseres Gespräches meinen Hustenreiz unterdrückt."

Ich hüstele leicht.

„Nein, so nicht Cindy. So richtig fest meine ich."

Ich huste etwas fester.

Aber das ist es auch nicht, was Roman hören will.

„Ich meine so richtig fest. So, dass es dir Brechreiz erzeugt und du dich übergeben musst. Weißt du was ich meine?"

Roman klingt leicht genervt.

Langsam dämmert es mir. Er will hören, wie ich mich übergebe. Manche Männer sind mehr als nur krank.

„Ja, Roman, ich werde es versuchen. Ich gehe ins Bad, damit ich ins Becken brechen kann. Ist das so richtig, Roman?"

„Ja, Cindy, genau so will ich es hören."

„Gut, dann gehe ich jetzt ins Bad."

„Mach schon, huste."

Ich gehe ins Bad und fange an zu husten. Da ich wirklich sehr leicht einen Brechreiz bekomme, wenn ich einen Hustenanfall erleide, versuche ich, nur so viel zu husten, damit es nicht so weit kommt. Ich werde simulieren. Also huste und huste und huste ich und fange an zu würgen.

Gott sei Dank, reicht das schon, und bevor ich wirklich brechen muss, stöhnt Roman laut auf und beendet das Gespräch.

Selten hat mich die Bandansage ‚schade, er hat aufgelegt' so erleichtert.

Wie kann man nur einen sexuellen Höhepunkt erlangen, wenn man einer Person beim Übergeben zuhört oder gar zuschaut?

Ich denke nicht weiter darüber nach. Die Hauptsache ist, dass ich dabei ein paar Cent verdient habe.

Kapitel 7

Wieder ist Post von der Industrie- und Handelskammer bei mir eingegangen. Weitere Formulare, die ich ausfüllen soll.

Aber als ich dann eines dieser Formulare durchlese, muss ich laut lachen. Die Industrie- und Handelskammer will doch tatsächlich von mir wissen, ob ich in meinem neu gegründeten Unternehmen auch Lehrlinge ausbilde. Was soll ich dazu denn sagen? Haben die denn meine Unterlagen nicht durchgelesen?
Die Unterlagen, in denen steht, dass ich als Moderatorin auf einer Flirtline arbeite?

Hallooooo?????

Wer bei der Industrie- und Handelskammer ist zuständig für die Neuansiedlung von Gewerbe?
Wer bei der Industrie- und Handelskammer verschickt solchen Unsinn?
Wer kommt für die Kosten dafür auf?

Ich beschließe erst einmal weiter zu machen, um zu sehen, ob sich der ganze Aufwand lohnt.

Jo aus der Schweiz

„Hallo, Cindy, da ist der Jo aus der Nähe von Bern. Er ist 19 Jahre alt und sucht eine erfahrene, ältere, offenherzige Sie. Also sucht er dich. Viel Spaß."

„Hallo, wer ist denn da?"
„Ja, hallo, ich bin der Jo, und wer bist du?"
„Ich bin die Cindy, hi Jo."
„Hi, Cindy. Du hast ne tolle Stimme!"
„Danke, Jo."

Immer wieder meine Stimme. Was ist nur mit ihr? Ich selber finde sie überhaupt nicht so toll.

Im Hintergrund höre ich Gelächter. Also ist Jo nicht alleine, und wahrscheinlich hat er den Lautsprecher seines Telefons angestellt, und uns hören mehrere junge Leute zu. Aber noch gehe ich nicht darauf ein und tue so, als ob Jo und ich ganz alleine dieses Gespräch führen.

Ich gebe mich jetzt übertrieben erotisch.
„Na, Jo. Was suchst du denn hier?"
Erneutes Gelächter im Hintergrund. Oh, denke ich. Ich kann das noch besser.
„Sex,"

war seine kurze und nervöse Antwort. Wieder Gelächter im Hintergrund.

„Sex willst du, Jo? So richtig guten Sex mit allem drum und dran? Und dafür hast du gerade mich ausgesucht?"

Ich hoffe, dass meine Stimme jetzt sehr begehrenswert, aber auch verrucht klingt.

„Ja, ja,"

stottert Jo ins Telefon.

„Wie bist du denn gerade auf mich gekommen, Jo? Es gibt doch so viele andere junge Frauen, Jo, wieso ich?"

Ja, nun, weil in deiner Annonce steht, dass du alles machst. Deshalb habe ich dich ausgesucht."

„Welchen Sex willst du denn, Jo? Auf was stehst du denn?"

„Ich stehe auf alles",

platzt es aus ihm heraus und die Anderen im Hintergrund rufen:

„Auf alles, wir stehen auf alles."

„Ach, du bist nicht alleine Jo? Wie viele sind denn da bei dir?"

„Wir sind zusammen acht."

„Acht, Jo? Und ihr wollt alle zusammen Sex?"

„Nein, nein, nicht zusammen. Wir haben gedacht, das wir hintereinander dran kommen."

„Hintereinander dran kommen?"

frage ich ungläubig.

„Ja, wir haben gedacht, dann ist das nicht so teuer."

Ich muss aufpassen, nicht laut aufzulachen. Diesen Jungs ist es sehr ernst, und sie fühlen sich selbst nicht sehr sicher. Ich darf ihnen auf keinem Fall das Gefühl geben, dass ich mich lustig über sie mache (wenn ich auch gerade ein bisschen über sie schmunzeln muss). Vielleicht planen sie ja gerade ihr erstes sexuelles Abenteuer und haben ihr ganzes Geld dafür zusammen gelegt.

„Habt ihr gut überlegt. Ich gebe euch natürlich einen Rabatt."
Eine heiße Debatte im Hintergrund.
„Siehst du, ich habe dir doch gesagt, dass das klappt!"
Freudige Erregung macht sich bei den jungen Männern breit. Man kann es durch das Telefon spüren.

„Und was für einen Sex wollt ihr?"
„Haben wir doch schon gesagt, wir wollen alles."
„Ja, alles, das ist ein weiter Begriff. Ein wenig von euren Neigungen müsst ihr mir schon verraten, damit ich weiß, was ich alles mitbringen soll."

„Wo können wir uns denn treffen?"
Jo wird langsam ungeduldig.
„Moment mal, Jo. Zuerst müssen wir aber noch klären, was ihr alles wollt."

Wieder eine Debatte im Hintergrund.
„Was machst du denn alles?"
fragt Jo.
„Was wollt ihr denn alles?"
frage ich zurück.
Wieder Getuschel im Hintergrund.
„Ganz kurz beschreiben, was ihr wollt, das ist doch nicht zu viel verlangt, oder? Ich muss doch wissen, auf was ich mich bei acht jungen Männern so einlasse, oder? Das versteht ihr doch?"
„Können wir das nicht klären, wenn du hier bist? Das ist so teuer hier am Telefon."
(Oh ja, armer Jo, ich weiß.)

„Und wann habt ihr Zeit für ein Treffen?"
frage ich.
„Ja, jetzt natürlich. Am besten sofort."
Zustimmendes Gemurmel in der Runde.
„Ach, Jo. Das geht aber jetzt leider nicht."
Ein lauter Aufschrei durchs Telefon.
„Und warum nicht?"
fragt Jo irritiert.

„Ja, weißt du Jo, ich bin gerade am Babysitten (meine Standardausrede bewährt sich mehr und mehr) und kann nicht sofort hier weg."

„Ach so. Und wann kannst du kommen?"

„Ja, Jo, das weiß ich ja nicht so genau. Ich habe meiner Freundin versprochen, auf ihre zwei kleinen Kinder aufzupassen. Weißt du Jo, meine Freundin war schon so lange nicht mehr weg, und da habe ich ihr gesagt, sie kann so lange bleiben, wie sie will. Ich habe doch nicht gewusst, dass ich so nette Leute wie euch heute Abend kennen lernen würde."

Ich versuche, so enttäuscht wie möglich zu klingen.

Eine heftige Diskussion im Hintergrund, ein leichtes Klicken im Ohr und die Bandansage: ‚Schade, er hat aufgelegt.'

Schade, Jo und Freunde. Hier werdet ihr heute Abend bestimmt kein aufregendes sexuelles Abenteuer finden. Nur viel Geld für nichts ausgeben, aber dazu beitragen, dass eine ältere Frau ihr Auto trotz Hartz-IV noch ein wenig behalten darf und sie weiter in ihre Zusatzrente einzahlen kann

Diese Treffen sind nämlich für alle Mitarbeite-
rinnen strikt untersagt. Damit würden die Macher
dieser Sexlines ja kein Geld verdienen.

Horst aus der Nähe von Worms

„Hallo, Cindy, ich hab hier den Horst aus der Nähe von Worms. Er ist 42 Jahre alt und sucht eine etwas Jüngere. Mehr weiß ich nicht."

„Hallo, wer ist denn da?"
„Hallo, ich bin der Horst, und wie heißt du?"
Ich bin etwas irritiert. Ist das nun ein Mann oder eine Frau? Die Stimme ist so seltsam. Na, mal sehen.
„Ich heiße Cindy, hallo, Horst."

„Hallo, Cindy. Wie geht es dir?"
„Danke, Horst. Mir geht es gut. Und wie geht es dir, Horst?"
„Ja, danke, mir geht es auch gut, Cindy."
Diese Stimme? Ich kann gar nicht glauben, dass das wirklich ein Mann sein soll. Aber selbst wenn es eine Frau ist, die Stimme ist sehr seltsam.
„Und was suchst du hier, Horst?"
„Ich suche ein Treffen. Ich komme aus der Nähe von Worms, und woher kommst du, Cindy?"

Da ich mich in der Nähe von Worms etwas auskenne, fällt es mir leicht, ihm darauf zu antworten. Natürlich ist meine Antwort falsch. Aber das weiß Horst ja nicht. Die Hauptsache ist doch nur, dass er es glaubt.

„Na, was für ein Zufall, Horst. Ich komme aus Nierstein."
(Was für ein schöner Zufall aber auch.)
„Toll."
Die Stimme von Horst bleibt immer in derselben Tonlage. Ich kann nicht sagen, ob er sich freut oder ärgert.
„Weißt du",
fährt Horst fort.
„Ich hab da was im Fernsehen gesehen."
„Was denn, Horst?"
rufe ich schnell dazwischen (auch das bringt extra Sekunden).
„Ja, weißt du. Da haben sich zwei Menschen das erste Mal getroffen Eine Frau und ein Mann. Die haben sich vorher noch nie gesehen. Und das Treffen war von der Fernsehmoderatorin ganz toll geplant."
„Wie denn, Horst?"
rufe ich schnell dazwischen. Langsam lerne ich auch Sekunden zu schinden.
„Du machst mich ganz neugierig."

„Ja, das war so. Die Frau hatte einen Badeanzug an und der Mann musste sie befühlen."
„Befühlen?"

frage ich irritiert.

„Konnte er sie denn nicht sehen?"

„Ach so, ja. Das habe ich ja vergessen. Die hatten beide ihre Augen verbunden und konnten sich nicht sehen. Er hatte einen Freund dabei, der ihn auf die Bühne führte, und die Frau hatte eine Freundin dabei, die sie auf die Bühne führte."

„Das verstehe ich nicht, Horst"

stelle ich mich dumm.

„Ja, weißt du. Die Freundin hat die Frau an der Hand gehabt, und der Freund hatte den Mann an der Hand."

„Und dann?"

stelle ich mich immer noch begriffsstutzig.

„Ja, die haben sie dann auf die Bühne geführt. Die konnten ja nichts sehen, die hatten ja die Augen verbunden. Und dann haben sie sich gegenüber gestanden."

„Und dann, Horst? Was haben sie dann gemacht?"

„Ja, dann hat der Mann angefangen, die Frau zu befühlen."

„Wie, befühlen, Horst?"

(Noch begriffsstutziger geht's wohl nicht, aber Horst ist geduldig und die Sekunden verrinnen.)

„Ich habe dir doch gesagt, dass die Frau einen Badeanzug anhatte."

„Einen Badeanzug, Horst? Nein, das hast du mir nicht gesagt. Sie waren also beide in Badesachen?"

„Nein, Cindy. Nicht beide. Nur die Frau hatte einen Badeanzug an. Der Mann trug einen Anzug."

„Und warum das, Horst?"

„Ja, damit er sie betasten kann, natürlich."

„Und warum darf sie ihn nicht betasten? Warum hat er einen Anzug an?"

Na, weil er ja eine Frau sucht, deshalb."

(Diese Logik muss ich nicht verstehen.)

„Und Horst, hat sie ihm gefallen?"

„Du fragst? Natürlich hat sie ihm gefallen. Und deshalb will ich jetzt auch so eine Freundin finden."

„Bei dieser Fernsehsendung, Horst?"

„Nein, nicht bei der Fernsehsendung. Hier, bei mir. Wenn du willst, können wir uns auch am Rhein in Nierstein treffen. Hast du eine Freundin, die dich führen kann, wenn du die Augen verbunden hast?"

„Ich glaube, da hätte ich eine. Ja, Horst, das müsste klappen."

„Du musst aber einen Badeanzug anziehen, Cindy."

„Ja, Horst, und du eine Badehose."

(Ich stelle mich dumm, um Zeit zu schinden.)

Geduldig erklärt Horst es noch einmal.

„Nein, Cindy. Ich bin ganz normal an und habe nur meine Augen verbunden. Du hast einen Badeanzug an und hast auch deine Augen verbunden. Und dann nehmen uns unsere Freunde an den Händen und führen uns zusammen. Und wenn wir ganz dicht voreinander stehen, dann fange ich an, dich zu befühlen."

(Das will Horst angeblich im Fernsehen gesehen haben? Wenn ich nur an die Außentemperatur denke, ich glaube, gerade mal 6° Celsius, bekomme ich eine Gänsehaut.)

„Aber Horst!"

wage ich zu bedenken.

„Es ist doch so kalt draußen."

„Das macht nichts. Dir wird schön warm, wenn ich dich befühle. Also, kommst du?"

„Horst, ich muss erst mal meine Freundin anrufen, ob die Zeit hat. Wann willst du mich dann treffen? Wann hast du Zeit?"

„Ich habe immer Zeit. Ich bin immer zu Hause. Ach ja, ein Badetuch musst du auch mitbringen."

„Warum das denn, Horst? Warum benötige ich denn ein Badetuch?"

Hoffentlich verlangt er nicht von mir, dass ich vorher in den Rhein springe.

„Das hast du um dich gewickelt. Das ziehe ich dir erst aus und dann fange ich an, dich zu befühlen, weißt du?"

Horst hat eine schier endlose Geduld.

„Ja, Horst, jetzt verstehe ich."

Nein, ich verstehe überhaupt nichts, aber muss ich das überhaupt verstehen? Ich glaube kaum.

„Und wo befühlst du mich überall, Horst? An meinem ganzen Körper?"

(Zeit schinden)

„Nein, nur an den Stellen, an denen du den Badeanzug trägst. Nur an den Stellen befühle ich dich."

„Du streichelst auch meinen Busen, Horst?"

„Nur da, wo dein Badeanzug darüber ist."

Die Geduld von Horst ist nicht zu übertreffen.

„Und wenn ich dir gefalle, Horst? Was ist dann?"

„Dann gehen wir nach Hause zu mir, und dann bleibst du für immer bei mir."

„Einfach so, Horst? Dann bleibe ich einfach so bei dir? Und was machen wir dann?"

„Dann trinken wir Kaffee und essen Kuchen."

Ich muss aufpassen, dass ich nicht laut auflache. Aber ihm ist es sehr ernst.

„Was für einen Kuchen essen wir denn, Horst?"
frage ich weiter um noch mehr Zeit aus diesem
Gespräch zu gewinnen, und um so meinen
Umsatz zu steigern.

Aber jetzt wird Horst langsam ärgerlich.
„Das ist eine Überraschung. Das verrate ich dir
nicht."
Er kommt mir jetzt vor, wie ein kleiner, trotziger
Junge. Ich versuche, ihn zu beschwichtigen.
„Horst, du willst mich überraschen. Das finde ich
gut. Das ist lieb von dir."
Und schon ist Horst wieder besänftigt.
„Aber ich habe trotzdem noch eine Frage, bitte
Horst, nicht böse werden."
„Was willst du denn noch wissen?"
„Schlafe ich dann auch bei dir? Ich meine, wenn
ich dir gefalle und wenn dir das gefällt, was du
über meinem Badeanzug ertastest?"
„Ja, du schläfst dann auch bei mir, Cindy.
Selbstverständlich. Du bleibst dann für immer bei
mir."
Die monotone Stimme von Horst verändert sich
nicht.
„Gut, Horst, dann weiß ich Bescheid."

„Also, wann sollen wir uns treffen, Cindy?"
„Wann hast du denn Zeit, Horst?"
„Morgen um 14.00 Uhr?"

„Das ist gut, Horst, dann könnte ich auch aber erst muss meine Freundin anrufen, um sie zu fragen, ob sie dann auch Zeit hat."

„Das ist richtig",

antwortet Horst.

„Das musst du unbedingt machen. Ohne deine Freundin geht das nicht. Sie muss dich nämlich zu mir führen, weil du ja die Augen verbunden hast."

„Ja, Horst. Dann machen wir es einfach so, dass du mich vielleicht heute Abend noch einmal kurz anrufst, damit ich dir sagen kann, ob es mit ihr klappt. Wenn nicht, müssten wir die Verabredung vielleicht auf einen anderen Tag verschieben. Das verstehst du doch, oder?"

„Ja, natürlich verstehe ich das. Ich rufe dich heute Abend um 18.30 Uhr noch einmal an, und dann machen wir alles fest."

„Gut, Horst. Dann bis heute Abend. Ich freue mich."

„Ich freue mich auch. Bis heute Abend, Cindy."

Und schon hat er aufgelegt. Natürlich bin ich heute Abend nicht mehr für ihn erreichbar. Aber das weiß er ja jetzt noch nicht.

Er tut mir ein bisschen leid.

Verzweifelter junger Mann

„Hallo, Cindy. Hab hier einen verzweifelten jungen Mann am Telefon, der unbedingt erlöst sein will. Hab keine Ahnung wo er herkommt, aber was ich so mitbekommen habe, ist es auch nicht so wichtig. Mach dich ran!"

Kaum hat die MD mir das Gespräch übermittelt, höre ich ein lautes Gekeife im Hintergrund.
„Mach die Tür auf, mach sofort die Tür auf und gib mir das Telefon! Hast du nicht gehört? Du sollst die Tür aufmachen!"
Eine Frauenstimme, die sich fast überschlägt, und so überhörte ich zunächst auch die leise Stimme des jungen Mannes.

„Hallo, hallo? Ist da jemand?"
„Ja,"
antwortete ich munter.
„Was ist los bei euch?"
„Ach, das ist nur meine Mutter. Hör nicht hin."
Leichter gesagt, als getan. Das Gekeife dieser Frau ist nicht zu überhören.
„Mach die Tür auf, mach endlich die Tür auf. Du sollst die Tür aufmachen! Rufst du wieder diese teuren Nummern an? Los, mach die Tür auf!"

Und dazwischen die immer noch flüsternde Stimme des jungen Mannes.

„Hilfst du mir bitte?"

„Gerne, wenn du mir sagst was ich machen soll."

„Ich kann nicht kommen, und mein Penis ist so hart und tut weh. Hilfst du mir, abzuspritzen, bitte?"

Ich habe das Gefühl, dass er weint und richtig verzweifelt ist. Und dann ohne Unterbrechung im Hintergrund die Stimme der Mutter, die nicht aufhört mit ihrem Gekeife:

„Gib mir das Telefon, gib mir das Telefon, mach die Tür auf, sofort! Hast du gehört? Mach die Tür auf!"

„Sag mir wie ich dir helfen kann."

Diesen jungen Mann will ich unterstützen.

„Was hast du im Moment noch an?"

fragt er leise, so dass ich es kaum verstehen kann.

„Ein T-Shirt, das ich gerade über meine Brüste geschoben habe und einen String- Tanga. Soll ich ihn für dich ausziehen?"

Ein lautes, dankbares Stöhnen war die Antwort. Anscheinend hatte die Mutter das Stöhnen auch gehört und schrie umso lauter:

„Mach endlich die Badezimmertür auf und gib mir das Telefon! Mach schon, mach die Tür auf!"

Der arme junge Mann.

„So, den Tanga habe ich ausgezogen und liege nun auf dem Rücken und fange an, meine Beine langsam für dich zu spreizen. Gefällt dir das?"
„Ja, ja,"
stöhnt er,
„mach weiter. Das ist gut."
„Mach die Tür auf, du Schwein, mach endlich die Tür auf."
Die Mutter ist hartnäckig und gibt nicht auf.

„Meine Brustwarzen sind ganz hart und ich habe sie jetzt zwischen meinen Fingern und ziehe daran. Ach, wäre es schön, wenn dein Mund sie jetzt küssen würde."
Der junge Mann stöhnt lauter.
„Das ist gut, mach weiter so, bitte hilf mir, mach weiter."
„Wenn du nicht sofort die Tür aufmachst, schlage ich sie kaputt. Hast du nicht gehört? Mach endlich diese verdammte Tür auf, du Wichser, du elender Wichser!"
Die Stimme der Mutter überschlägt sich.

„Jetzt spreize ich meine Beine ganz weit aus-einander und stelle mir vor, dass du vor mir kniest und......."

Er kommt. Laut und unbeherrscht stöhnt er seinen Orgasmus hinaus. Vielleicht kommt es mir aber auch nur so vor, denn sein Orgasmus und das Gekeife der Mutter zusammen ergeben eine Tonqualität von bisher nie gekanntem Ausmaß.

„Danke, vielen Dank."
Eine jetzt ganz normale Stimme bedankt sich bei mir.
„Ich wäre ohne dich nicht gekommen, und die Schmerzen waren nicht zum Aushalten. Danke, dass du mir geholfen hast. Tschüss."

Er hat aufgelegt.

Eine plötzliche Stille nach dem ganzen Gekeife der Mutter erfüllt den Raum. Dieser junge Mann hatte wirklich gelitten, und ich bin froh, dass ich ihm helfen konnte.

Er schien sehr nett, schade, dass er eine so uneinsichtige Mutter hatte.

Kapitel 8

Mittlerweile hatte ich ein längeres Gespräch mit meinem Vermieter. Hatte ich ihm zunächst erklärt, dass ich für ein Hörbuch übe, sagte ich ihm nun die Wahrheit. Dass ich für eine Sexline arbeite und dass er vielleicht noch öfter ‚komische Geräusche' aus meiner Wohnung hören könnte.

Erst hatte ich mich geschämt, ihm die Wahrheit zu sagen, aber jetzt war ich froh, es getan zu haben.

Er wusste, wie sehr ich mich um Arbeit bemüht hatte und wegen meines Alters immer nur Absagen bekommen hatte.

„Wenn du dich dabei wohl fühlst",
dann mache es war seine lapidare Antwort.

Wohl fühlen dabei? Nein, das tat ich noch nie, und ich wusste auch nicht, wie lange ich diese Art von Tätigkeit noch ausüben könnte.

Ein kleiner Junge

Plötzlich, und ohne Anmeldung von der MD, höre ich die Stimme eines Kindes. Normalerweise wird genau geprüft, ob es sich bei dem Anrufer um einen erwachsenen Menschen oder einem Kind handelt. Kinder dürfen grundsätzlich niemals in ein Gespräch verwickelt werden.
Aber dieser kleine Junge hatte es geschafft. Ich weiß bis heute noch nicht wie.

„Hallo, hallo, ist da jemand?"
„Ja, da ist jemand, nämlich ich."
„Und wer bist du?"
„Ich bin Cindy, und wie heißt du?"
„Ich heiße Tobias."
„Wie alt bist du denn, Tobias?"
„Ich bin gerade acht Jahre alt geworden und wie alt bist du?"
„Ich bin schon sehr viel älter als du, Tobias. Was machst du denn auf dieser Line, und woher hast du diese Nummer?"
„Die steht doch in der Zeitung. Du bist aber dumm!"

Oh, dieser kleine Mann hält aber mit seiner Meinung nicht hinter dem Berg.

„Tobias, wo ist denn deine Mutter?"

„Die ist einkaufen, warte mal einen Moment."

Eine Weile ist Stille, dann höre ich, wie er den Hörer wieder aufnimmt.

„Was war denn los?"

frage ich ihn.

„Ich habe nur aus dem Fenster geschaut, ob das Auto von meiner Mutter schon da ist. Die wird nämlich böse, wenn ich euch anrufe."

„Und warum machst du es dann, Tobias? Du solltest auf deine Mutter hören."

Im selben Moment, als ich diese Worte ausgesprochen hatte, weiß ich, das war verkehrt, das wusste er schon von alleine. Und ich sollte recht behalten.

„Ich bin doch kein kleines Kind mehr. Ich kann dir viel mehr über Sex erzählen, als du darüber weißt. Glaubst du mir? Sollen wir wetten?"

Ich bin zutiefst erschrocken. Ihn einfach mit der Taste Null an meinem Telefon wegzudrücken hätte keinen Sinn, dann würde er bei einer anderen Frau landen, und ich weiß nicht, ob alle Rücksicht darauf nehmen, dass er noch ein Kind ist. Also werde ich versuchen, das Gespräch mit ihm zu beenden, damit seiner Mutter höhere Kosten erspart bleiben. Außerdem ist es mir ja untersagt, die Taste Null zu drücken.

"Wo ist denn dein Papa?"

Keine Antwort.

„Hallo, Tobias, bist du noch da?"

„Ich habe keinen Vater, brauch ich auch nicht. Ich passe schon alleine auf Mutti auf. Mache ich doch schon die ganze Zeit."

‚Armer, kleiner Kerl',

denke ich und erschrecke. Vielleicht ist seine Mutter eine alleinerziehende Frau und muss jeden Cent dreimal umdrehen, bevor sie ihn ausgibt. Dann fällt solch ein teures Telefonat, wie Tobias es gerade führt, natürlich sehr ins Gewicht. Ich weiß das aus eigener Erfahrung. Vielleicht ist seine Mutter ja Hartz-IV-Empfängerin, so wie ich selbst.

„Tobias?"

„Ja, ich bin noch da. Redest du mit mir über Sex? Ich weiß schon eine ganze Menge."

„Woher denn, Tobias?"

Und wieder antwortet er, dass er schon öfter auf diesen Lines angerufen hätte und dass er einmal mitbekommen hat, wie eine Frau einen Orgasmus hatte. Ich bin zutiefst erschrocken.

„Einen Orgasmus, Tobias? Was ist das denn?"

Ich stelle mich ahnungslos.

„Ja,"

stottert er ein wenig,

„das ist halt, wenn eine Frau kommt."
‚Hoffentlich weiß er nicht Bescheid,
denke ich,
‚hoffentlich haben die Frauen Rücksicht auf das
Alter dieses kleinen Jungen genommen.'

„Wenn eine Frau kommt? Aber Tobias, wohin soll
sie denn gehen oder kommen?"
„Ach du, du bist viel älter als ich, und du weißt
nicht was das bedeutet?"
„Nein, Tobias. Ich habe keine Ahnung. Wohin
soll die Frau denn kommen?"
Der kleine Kerl ist jetzt ziemlich verunsichert
durch meine dummen Fragen.
„Na, die ist doch schon da."
„Aber du hast doch gerade gesagt, dass die Frau
dann kommt. Was stimmt denn jetzt?"

Der kleine Tobias rauft sich im wahrsten Sinne
des Wortes die Haare. Nicht, dass ich es sehen
kann, aber spüren kann ich es.

„Du bist mir eine! Arbeitest hier auf der Line und
hast keine Ahnung wie es ist, wenn eine Frau
kommt. Soll ich es dir mal erklären?"
„Ja, bitte, Tobias, erkläre mir das einmal, damit
ich ein bisschen besser Bescheid weiß."

Und ich wollte das Gespräch so schnell wie möglich beenden! Soweit mit diesem Wunsch.

„Aber erst laufe ich zum Fenster und schau noch mal nach, ob Mutti schon da ist. Moment bitte."
Höflich ist er ja, aber wie kann ich das Gespräch beenden? Ich weiß mir keinen Rat, und schon ist Tobias wieder da.
„Das Auto von Mutti ist noch nicht da. Also, jetzt erkläre ich es dir. Stell dir mal vor, du und dein Freund habt Sex."
„Ich habe aber keinen Freund, Tobias."

Jetzt ist der kleine Kerl fast am Verzweifeln.
„Dann stell dir doch einfach vor, du hast Sex mit einem Mann. Kannst du dir das vorstellen?"
„Ja, ein bisschen vorstellen kann ich es mir, Tobias. Aber weißt du, ich hatte noch nicht so viel Sex in meinem Leben."

Ich versuche alles erdenklich Mögliche, um das Thema zu umgehen. Aber dieser kleine Junge ist hartnäckig.

„Und dann arbeitest du auf so einer Line?"
Ich spüre, wie er seinen Kopf schüttelt.
„Bist du vielleicht hier, weil du darüber lernen willst?"

„Ja, du hast mich durchschaut, Tobias. Aber bitte, sage es niemand, sonst werde ich entlassen."

„Großes Ehrenwort. Ich verspreche dir, ich sage es niemand."

Der kleine Tobias klingt so erwachsen, aber er ist auch sehr darauf bedacht, mich aufzuklären. Meine Bemühungen, ihn so schnell wie möglich sein Telefonat beenden zu lassen, laufen genau in die falsche Richtung.

„Also, wenn du Sex hast mit einem Mann und wenn der Mann alles richtig macht, dann kommst du."

„Aber das verstehe ich nicht so ganz, Tobias. Wenn ich doch schon da bin bei dem Mann, wieso soll ich denn dann noch extra hinkommen?"

Tobias rastet fast aus.

„Du verstehst aber auch gar nichts."

Ich höre pure Verzweiflung in seiner Stimme.

„Das hat doch was mit dem Sex zu tun, wenn du kommst."

„Verstehe ich nicht, Tobias. Ich weiß nicht, was du meinst."

Tobias startet einen neuen Versuch, mich über Sex aufzuklären.

„Also, stell dir mal vor, ich wäre ein Mann, und du und ich liegen im Bett. Kannst du dir das vorstellen?"

„Oh, ja, Tobias, das kann ich mir vorstellen. Und dann?"

„Ja, dann haben wir Sex. Ist doch klar, oder?"

„Ja, natürlich. Dann haben wir Sex und dann?"

„Ja, und dann kommst du."

„Aber Tobias, wieso soll ich dann kommen, ich bin doch schon da und liege dann neben dir? Ich verstehe es nicht."

Tobias stößt einen lauten Schrei der Verzweiflung aus, und dann höre ich, wie sich ein Schlüssel in der Türe dreht und die Verbindung ist beendet. Tobias hat hastig aufgelegt.

Ob er heute noch daran denkt, wie er verzweifelt versucht hat, eine ältere Frau über Sex aufzuklären und wie jämmerlich sein Versuch gescheitert war?

Sascha aus der Nähe von Aschaffenburg

„Hallo, Cindy, hier ist der Sascha aus der Nähe von Aschaffenburg. Er ist 39 Jahre alt und sucht eine Sie, die etwa genauso alt ist wie er. Los geht's."

„Hallo, wer ist denn da?"
„Ich bin der Sascha, und wer bist du?"
„Cindy hier, hi, Sascha. Was suchst du denn hier?"
„Tja, sag mir erst mal wie alt du bist."
Ich versuche verspielt und etwas frivol zu klingen.
„Dann rate doch mal, Sascha. Wie alt meinst du denn bin ich?"
„Na, so circa 39, schätze ich."
„Woher weißt du das denn?"
spiele ich die Erstaunte.
„Na, ich hab halt nach so Einer gefragt."
„Ach, so."
Ich lache auf.
„Und ich dachte schon, dass du Hellseher bist."
Da lacht Sascha laut auf. Er hat ein sehr angenehmes Lachen.
„Komm, sag schon, wie alt bist du denn jetzt wirklich?"
will Sascha nun wissen.

„38", hauche ich leise ins Telefon.

„Du hast schon gut geschätzt. Und was suchst du hier?"

„Tja,"

druckst Sascha etwas herum.

„Ich habe den Eindruck, dass niemand von euch weiß, was in der Anzeige steht, die man anruft, um dann bei einer von euch zu landen."

(Oh, wie recht er hat!)

Ich spiele die Überraschte.

„Was meinst du denn damit, Sascha?"

„Ja, zum Beispiel, jetzt hier bei dir. In der Anzeige steht, dass du was für nebenbei suchst. Dass du zuhause nicht das bekommst, was du wirklich brauchst. Stimmt das bei dir?"

(‚Danke, Sascha', denke ich, ‚vielen Dank, dass du es mir gesagt hast. Jetzt kann ich mich voll und ganz auf dich einlassen. Das macht die ganze Sache viel einfacher für mich.')

„Das stimmt ja auch",

antworte ich daher schnell.

„Mein Freund arbeitet viele Stunden, und ich bin daher sehr viel allein. Guck mal, heute ist Sonntagnachmittag. Er muss arbeiten, und ich sitze alleine zu Hause."

Die Stimme von Sascha, die bis dahin sehr distanziert und vorsichtig klang, hört sich auf einmal warm und mitfühlend an.

„Das kann ich gut verstehen",
versichert er mir.

„Aber weißt du, Sascha, ich bin doch noch nicht so alt und habe Bedürfnisse, die mir mein Freund aufgrund seiner vielen Stunden, die er halt arbeiten muss, nicht befriedigen kann."

„Da hast du recht, Cindy, du bist noch zu jung. Etwas Anrecht auf ein bisschen Spaß hat jeder. Da kann ich dich gut verstehen."

„Aber, Sascha, ich will meinen Freund auf keinen Fall verlieren. Er darf nichts hiervon wissen. Das würde ihn zu sehr verletzen, und das hat er nicht verdient. Er ist so ein Lieber."

Ich bedanke mich aufs Tiefste bei demjenigen im weiten Universum, der dafür zuständig ist, dass mir solche Sachen stets im richtigen Moment einfallen.

„Nein, nein
beteuert Sascha.
„Er braucht davon nichts zu erfahren."
„Suchst du denn auch etwas für nebenbei?"
frage ich weiter.

„Ja, ich möchte im Moment keine feste Beziehung",

antwortet er.

„So ein bis zweimal die Woche ein heimliches Treffen. Das wäre ideal."

„Und was für ein Treffen stellst du dir vor?" frage ich naiv.

„Na, was für ein Treffen soll das wohl sein?" Er klingt ein wenig genervt.

„Du meinst also ein erotisches Treffen?"

„Ja, was denn sonst?"

„Ist ja gut, Sascha, ist ja gut. Ich wollte das doch nur klarstellen. Damit wir beide wissen, was wir voneinander wollen, okay?"

„Okay," antwortet er und lacht wieder laut auf. Er hat ein sehr angenehmes Lachen stelle ich mal wieder fest.

„Aber bevor wir ins Detail gehen und dieses Gespräch zu lange wird, wegen der Kosten meine ich, sollten wir jetzt abmachen, wo und wann wir uns treffen wollen."

Wir dürfen doch keine Verabredung mit den Kunden abmachen und daher schlage ich ihm vor:

„Du, Sascha, ich schau mal gerade auf meinen Kalender, um zu sehen, wann mein Freund Dienst hat. Warte mal einen Moment."

Ich mache jetzt so, als ob ich in meinem Terminkalender blättere (mein Rätselheft, in dem ich gerade am rätseln bin, leistet gute Dienste).

„Diese Woche ist schlecht, aber wie wär's mit Donnerstag übernächste Woche?"

„Ist nicht schlecht. Da kann ich."

Sascha freut sich hörbar.

(Zeit schinden, Zeit schinden.)

„Du, Sascha, ich arbeite ja auch tagsüber."

(Schön wär's, dann würden wir uns jetzt nicht gerade verabreden.)

„Also schlage ich vor, du rufst mich noch einmal kurz am Donnerstag so gegen 18.00 Uhr hier an, und dann machen wir den Ort, an dem wir uns treffen können und die genaue Uhrzeit fest. Was hältst du davon?"

„Noch einmal hier auf der Line anrufen?"

beschwert sich Sascha.

„Das ist doch so teuer."

„Nur noch einmal ganz kurz,"

beschwichtige ich ihn.

„Nur kurz sagen, wann und wo wir uns treffen. Das kostet doch nicht viel. Und wenn wir uns dann einmal getroffen haben, bekommst du natürlich meine Privatnummer. Das musst du bitte verstehen, Sascha, ich habe nämlich leider schon böse Erfahrungen damit gemacht, meine Nummer einfach so herzugeben."

„Ach so, ja. Das verstehe ich natürlich. Aber ich kann dir ja meine Telefonnummer geben. Dann rufst du mich an.“

„Aber, Sascha. Überleg doch mal. Wenn mein Freund deine Nummer findet! Wie soll ich ihm das denn erklären? Ich möchte ihm auf keinen Fall weh tun, und er darf es nie erfahren. Versprichst du mir das bitte, Sascha?“

„Ja, Cindy. Das verspreche ich dir. Und du hast ja recht. Er darf es nicht erfahren.“

„Gut, Sascha. Verbleiben wir dann so, dass du mich am übernächsten Donnerstag so gegen 18.00 Uhr hier auf der Line wieder anrufst?“

„Ja, Cindy. Das ist eine gute Idee. Ich rufe dich dann bestimmt an.“

„Das ist prima, Sascha“

jubele ich ins Telefon.

„Frag einfach nach Cindy, und dann verbindet man dich sofort mit mir zuhause. Ich werde der Moderatorin Bescheid geben, dass sie dich sofort zu mir durchstellt, damit es nicht zu teuer für dich wird.“

„Danke, Cindy. Oh, ich kann es kaum noch erwarten bis dahin. Deine Stimme, wenn du so aussiehst, wie sich deine Stimme anhört, oh, ich habe schon einen ganz Harten. Ich wünschte, es wäre schon Donnerstag.“

„Ich auch, Sascha. Ich freue mich so auf unser Treffen."

„Ich auch,"

kommt es leise von Sascha zurück.

„Leg jetzt bitte auf, Cindy",

flüstert er.

(Oh, Sascha, wenn du doch nur wüsstest! Ich darf doch nicht auflegen.)

„Nein, Sascha, bitte häng du auf, bitte, Sascha",

flehe ich leise.

„Ich möchte bitte hören, wie du den Hörer auflegst, bitte, Sascha."

„Na gut, Cindy, dann hänge ich jetzt auf."

Ich warte, aber er legt nicht auf. Teure Sekunden verrinnen für ihn und bringen mir zusätzliche Cent.

„Legst du nicht auf, Sascha?"

frage ich mit einer ganz warmen, liebevollen Stimme.

„Doch, doch. Jetzt lege ich auf. Es fällt mir nur so schwer, bei deiner schönen Stimme einfach aufzulegen."

„Danke, Sascha,"

hauche ich.

„Vielen Dank. Ich würde dich am liebsten auch noch ein bisschen länger hören."

(Natürlich. Es soll sich doch lohnen, obwohl er mir auch leid tut.)

„Also, dann bis übernächsten Donnerstag, Cindy. Ich freue mich auf dich."

„Ja, bis übernächsten Donnerstag, Sascha. Ich freue mich auch auf dich. Tschüss."

„Tschüss, Cindy."

„Tschüss, Sascha, tschüss."

Ich lache leise ins Telefon, und er stöhnt auf.

„Tschüss, Cindy,"

und dann legt er ganz langsam seinen Telefonhörer auf.

17 Minuten für mein Auto und meine Rente.

17 Minuten für Sascha, die ihm im Endeffekt gar nichts bringen. Nur ein paar nette Worte von mir.

Ich muss wohl nicht hinzufügen, dass ich nie mehr mit Sascha gesprochen habe.

Kapitel 9

Mehrere Monate arbeite ich nun auf dieser Line, und es fällt mir immer schwerer, denn ich bin es leid, diese Männer andauernd anlügen zu müssen. Die meisten von ihnen glauben, dass wir an einem persönlichen Treffen mit ihnen interessiert sind und sie realen Sex für Geld von uns bekommen.

Ich habe aus lauter Neugier einmal die Zeitungsannoncen durchgelesen und festgestellt, dass man mit vielen dieser Annoncen die Männer nur belügt. Sie in dem Glauben lässt, dass wir an einem persönlichen Treffen interessiert sind, was ja gar nicht stimmt.

Es fällt mir zudem immer schwerer, mich abends als arbeitswillig anzumelden, und wenn ich es dann doch mache, bin ich nicht mehr dieselbe Frau, wie noch am Anfang. Es macht mir einfach keinen Spaß mehr (als ob es mir jemals Spaß gemacht hätte). Es ekelt mich mehr und mehr an und ich würde die Männer, die uns am Telefon quälen, am liebsten anschreien. Was aber verboten ist, außer, die Männer verlangen es, dann ist es natürlich erlaubt.

Zudem hat die ‚Dame' des Arbeitsamtes wieder zugeschlagen. Als Hartz-IV-Empfängerin muss ich alle sechs Monate einen neuen Antrag für den Erhalt des Hartz-IV-Geldes stellen. Das tat ich auch dieses Mal und wartete auf den Bewilligungsbescheid. Spätestens Ende Juni müsste er dann bei mir sein. Aber nichts geschah. Es war mittlerweile der 25. Juni und noch kein Bescheid in der Post. Ich wurde unruhig, aber unternahm nichts, da ich noch an die Gerechtigkeit glaubte.

Hartz-IV-Empfänger sind auch von der GEZ Gebühr befreit. Um aber diesen Antrag stellen zu können, benötigt man den Bewilligungsbescheid der ARGE. Und der kam und kam nicht.

Endlich, am 3. Juli kam Post von der ARGE. Aber es war nicht der heißersehnte Bewilligungsbescheid, sondern es waren zusätzliche Formulare, die ich ausfüllen sollte. Vorher, so stand in dem Begleitschreiben der Frau Armmut, so nenne ich mittlerweile die für mich zuständige Mitarbeiterin der ARGE, könnte sie nicht über meinen Hartz-IV-Antrag entscheiden.

Frau Armut nenne ich sie in Anlehnung an ihren richtigen Namen und basierend auf der Tatsache, dass ich finde, dass Frau Armmut arm im Geiste, aber mutig genug ist, um auf den Ärmsten der Armen herum zu trampeln; um sie zu vernichten. Man muss es sich einmal vorstellen. Da saß diese ‚Dame' einen ganzen Monat auf meinem ausgefüllten Hartz-IV Antrag, um mir dann, als das Geld schon längst auf meinem Konto sein sollte, zusätzliche Formulare zum Ausfüllen zu schicken.

Wie viel Menschenverachtung muss in dieser ‚Dame' sein, dass sie mich mutwillig auflaufen lässt? Dass sie mutwillig meinen Antrag einen ganzen Monat nicht bearbeitet, sondern einfach liegen lässt? Wieder einmal ist mein Konto wegen ihr überzogen, und wieder einmal bezahle ich die Zeche. Nun bin ich mir ganz sicher, Frau Armmut, hat das extra gemacht. Sie will mich für die Arbeit auf der Sexline bestrafen.

Am nächsten Tag kündigte ich bei der Gesellschaft, die die Flirtline betrieb und hoffte inständig, dass mich die ‚Dame' des Arbeitsamtes in Zukunft fair behandeln würde.

Was sie natürlich nicht tat. Aber das ist eine andere Geschichte.

Nachwort

Ich konnte einfach aufhören, aber es gibt immer noch diese Frauen, die alleine zu Hause sitzen und den geilen Männern ihre abartigen Lüste per Telefon erfüllen müssen. Die meisten von ihnen würden viel lieber richtig arbeiten und damit ihr Geld und ihren Lebensunterhalt verdienen.

Wann endlich tut unsere Regierung etwas?